Daniel Reichert

AF200649

# PAPA
# ICH ERTRINKE

Eine wahre Geschichte
über menschliches Versagen
und göttliches Eingreifen

Bibliografische Information der Deutschen Nationalbibliothek: Die Deutsche Nationalbibliothek verzeichnet diese
Publikation in der Deutschen Nationalbibliografie; detail-
lierte bibliografische Daten sind im Internet über dnb.dnb.
de abrufbar.

Cover und Satz: Knut Burmeister, alltag.li
Lektorat: Christine Schubert
Herstellung und Verlag:
BoD – Books on Demand, Norderstedt

ISBN: 9783750410749

# INHALT

## PROLOG

Im Meer ertrinken. Welch ein schrecklicher Gedanke. Immer wieder hatte ich mir als kleiner Junge vorgestellt, wie Ertrinkende unter Wasser panisch nach Luft schnappen. Lange hatte mich die unterschwellige Angst begleitet, dass mich dieses entsetzliche Schicksal eines Tages heimsuchen könnte. Und dann wird der Albtraum meines Lebens Wirklichkeit. Nicht im weiten Meer, sondern einem kleinen Schwimmbecken. Nicht ich, sondern mein geliebter Sohn ist der Todgeweihte. Ihm geschieht, was ich als Kind so befürchtet hatte.

Wie benommen sitze ich alleine am späten Abend des 30. Januar 2016 im Wohnzimmer. Ich kann und will nicht wahrhaben, was vor drei Stunden passiert ist. Immer wieder läuft der gleiche Film vor meinem inneren Auge ab: Lion strampelt im Wasser und ringt verzweifelt nach Luft, dann wird er bewusstlos. Untermalt werden diese grausamen Szenen meines Gedankenkinos von der düsteren Musik meiner Emotionen. Mein Gewissen schreit meine geplagte Seele förmlich an: „SCHULDIG!". Meine Unachtsamkeit hat nämlich zu dem verheerenden Unglück geführt. Die Last meines Versagens erdrückt mich schier. Mein Blick wandert aus dem Wohnzimmer durch die Terrassentüre. Das spärliche Licht der Straßenlaterne fällt auf unsere Gartenhecke. Aber meine Seele befindet sich in einem stockdunklen Loch. Ich habe die Orientierung verloren. Apathisch sitze ich auf unsrem anthrazitfarbenen Ecksofa. Das einzige Geräusch, das ich wahrnehme, ist das leise Ticken der Küchenuhr. Während meine Seele im Stillstand steckt, läuft die Zeit unaufhaltsam weiter. Plötzlich formt sich ein Gedanke in dem Wirrwarr meines Verstandes, ein kleiner Lichtblick in meiner Orientierungslosigkeit. Ich raffe mich auf und greife nach dem Laptop auf dem Kaffeetisch. In diesem Moment beginnt meine Reise. Schmerzhaft und emotional wird sie werden. Der Weg wird mich durch tiefe Täler meiner Gefühlswelt führen. Ich werde die Abgründe meiner eigenen Persönlichkeit zu Gesicht bekommen. Was aber noch viel wichtiger ist: Auf diesem Pfad werde ich die Heilquelle für mein zerbrochenes Herz entdecken.

## LION IMMANUEL REICHERT:
## DAS HERAUSFORDERNDE GESCHENK DES LEBENS

Mit den drei Kindern auf dem Rücken krabble ich auf allen
Vieren schwankend durch unsere kleine Wohnung ins Kinderzimmer. Die Sprösslinge quietschen belustigt, während
sie sich mit aller Kraft an mich klammern um nicht herun-
terzufallen. „Alter Gaul" nennen wir dieses abendliche
Familienritual. Nachdem sie wieder festen Boden unter den
Füßen haben, klettern die Mädchen jeweils in ihre Etage des
Doppelstockbetts und ich hebe Lion in sein Bettchen auf der
gegenüberliegenden Seite des kleinen Raums.

Ich knie über dem halbnackten Jungen und kitzle ihn. Jeder
Muskel scheint angespannt, während der kleine Knirps
schallend lacht: Mit Händen und Füßen schlägt der Junge
wild um sich. Ich bin selbst schuld, dass ich mal wieder zur
Bettgehzeit den Tiger in ihm geweckt habe. Nach „Spielende"
muss ich ihn wiederholt ermahnen: „Jetzt ist wirklich
Schluss!", bis er endlich ruhig wird.

Ich beuge mich über das Bett und schaue den Kleinen fest
an. Obwohl er nur eine kurze Schlafanzug-Hose an hat, ist
sein Haar nass geschwitzt. Die Zeit scheint stehenzubleiben,
während dieses Gesicht unweigerlich Erinnerungen an meine
eigene Kindheit hervorruft.

Er ist mir nicht nur äußerlich sehr ähnlich, auch erkenne ich
mich in vielen seiner Charaktereigenschaften wieder. Und
zugleich ist er ein auf dieser Welt einzigartiges Geschöpf.
Tagtäglich darf ich entdecken, wie dieser meist verträumte
und einfühlsame Junge seine ganz eigene Persönlichkeit
entwickelt. Mein Vaterherz schlägt höher. Ich flüstere ihm ins
Ohr „Lion, ich bin stolz auf dich!" und gebe ihm einen Kuss

auf die Backe, welchen er demonstrativ mit dem Ellbogen wegwischt.

Nun wende ich mich den Mädels zu, lasse sie nochmals von den Highlights des Tages erzählen, umarme sie und bete mit den dreien. Beim Verlassen des Kinderzimmers schalte ich den Standventilator an und knipse das Licht aus, schließe die Kinderzimmertüre und schlendere ins Wohnzimmer. Ich wische mir die Schweißperlen vom Gesicht. Die Septembersonne hat mal wieder den ganzen Tag erbarmungslos auf das unisolierte Flachdach unserer Mietswohnung in Südalbanien gebrannt. Gerade jetzt am Abend ist es unerträglich warm und stickig hier drin. Mit der Fernbedienung schalte ich die Klimaanlage über unserer Essnische an. Sie fängt an zu brummen, und kalte Luft strömt ins Wohnzimmer. Die kühle Brise ist eine Wohltat auf meiner feuchten Haut.

Mit einem Seufzer lasse ich mich auf unser graues Ecksofa plumpsen. Nebenan höre ich das Quasseln und Kichern meiner Sprösslinge, ansonsten ist es still im Haus. Ich bin ein geforderter und zugleich überglücklicher Vater. Meine Gedanken schweifen in die Vergangenheit. Vor wenigen Jahren bin ich gar nicht davon ausgegangen, jemals einen Sohn zu haben. Am Anfang unserer Ehe hatten wir uns auf zwei Kinder geeinigt. Sophies sanftes und Olivias energisches Wesen brachten viel Abwechslung in unser Familienleben. In meinen Augen war die Familie komplett. Doch im Sommer 2009 regte sich wieder ein Kinderwunsch bei Moni, meiner Frau. Ich zögerte. Zu fünft in dieser 56m2 Wohnung, mit drei Zimmern im dritten Stock in einem heruntergekommenen Wohnblock in Albanien? Das würde eng und schwierig werden. Außerdem hatte ich den Start eines christlichen Schulungszentrums für den kommenden Herbst geplant. Wir waren uns nicht sicher, ob ein drittes Kind in unseren Lebensumständen sinnvoll wäre. Deshalb trafen wir eine Vereinbarung: Wir gaben uns ein dreimonatiges Zeitfenster, in dem sich Nachwuchs ankündigen durfte. Falls das nicht geschah, würden wir unsere Familienplanung abschließen. Im letzten Monat unserer gesetzten Frist hatte ich die Möglichkeit eines weiteren Kindes schon abgehakt. Doch zu unserer Überraschung zeigte der Schwangerschaftstest einen eindeutigen zweiten Strich an. Moni war wieder schwanger! Inzwischen sind wir der Meinung, dass dieses Zeitfenster keine gute Idee war. Das Geschenk des Lebens ist wichtiger als andere Pläne. Und doch sind wir dankbar, dass Gott auf unsere seltsame Vorstellung eingegangen ist und „im letzten Moment" ein drittes Kind schenkte. Die ersten Ultraschall-Bilder schienen auf ein Mädchen hinzudeuten, doch bei der letzten Untersuchung vor der Geburt zeigte der Frauenarzt auf den Bildschirm und meinte: „Also, wenn das nicht die Nabelschnur ist, dann ist es ein Junge!" Am 29.06.2010 kam Lion Immanuel Reichert zur Welt.

Die ersten zwei Jahre waren äußerst herausfordernd. Lion war ein Schreikind. Monatelang zahnte und quengelte er oft mehrere Stunden am Tag. Moni kostete diese Zeit viele Nerven. Irgendwann platzte es aus ihr heraus: „Wenn Lion unser erstes Kind gewesen wäre, dann hätten wir jetzt keine drei Kinder!"

Doch nach der Babyphase kam Lions wahre Natur immer mehr zum Vorschein: sonnig und ruhig, mit viel Charme. Regelmäßig trippelte er morgens in unser Schlafzimmer und legte sich zu uns ins Bett. Mit ausgestreckten Armen und einem liebevollen Seufzer umarmte er seine Mama, dann drehte er sich mir zu, und schlug mit voller Kraft auf meine Schulter.

Von vorne herein hatte er eine klare Rollenverteilung: Mama ist zum Kuscheln und Papa zum Toben da.

Während ich so über die Entwicklung unseres Sohnes sinniere, kommt Moni herein. Sie hatte noch ein Schwätzchen mit Nachbarin von nebenan gehalten. Diese immer in Schwarz gekleidete Witwe über siebzig muss unter der Hitze noch viel mehr leiden als wir. Sie genießt es, wenn meine Frau ihr Aufmerksamkeit schenkt und so ein wenig Abwechslung in ihren tristen Alltag bringt.

Ich raffe mich aus der Couch auf, laufe zum Kühlschrank und schenke uns zwei Gläser kalten Wassers ein. Wortlos blicke ich meine Frau an. Ich bin so froh, sie an meiner Seite zu haben und bin mir bewusst, dass sie in dieser fremden und männerdominierten Kultur das schwerere Los von uns beiden gezogen hat. Doch sie schlägt sich tapfer und zeigt bei den täglichen Herausforderungen eine große Zuneigung zum albanischen Volk, das in den vergangenen Jahrhunderten viel Leid erlebt hat. Zu Beginn der Neuzeit wurde das Land von den Osmanen erobert und 450 Jahre besetzt gehalten. 1912 wurde die Unabhängigkeit ausgerufen, doch schon nach dem II. Weltkrieg kam es unter kommunistische Herrschaft. Sein grausamer Diktator Enver Hoxha ließ jegliches religiöse Leben ausmerzen und Albanien zum ersten atheistischen Land der Welt ausrufen. Am Anfang seiner Regierungszeit hatte Hoxha noch vollmundig verkünden lassen: „Jeder Albaner wird mit einem goldenen Löffel essen!" Doch später musste jedes Schulkind die Worte seines Tyrannen zitieren: „Die Albaner essen lieber Gras, als dass sie darauf verzichten, den Marxismus-Leninismus zu verteidigen!" 173.000 Bunker hatte er im ganzen Land verstreut errichten lassen, basierend auf der irrwitzigen Propaganda, dass der kapitalistische Feind

11

Amerika das Land angreifen wolle, um dessen Reichtum zu plündern.

1990 gab es einen politischen Umsturz, das Land wurde demokratisch. Die anfängliche Euphorie schlug bald in Enttäuschung um, als viele Albaner ernüchtert feststellten, dass der erhoffte wirtschaftliche Aufschwung ausblieb. Die Wunden der Vergangenheit waren deutlich sichtbar. Das heruntergewirtschaftete Land wurde oft „das Armenhaus Europas" genannt.

Schlimmer als die materielle Armut war für viele Albaner die Perspektivlosigkeit, die das geistliche Vakuum des atheistischen Kommunismus zurückgelassen hatte. Missionare aus den unterschiedlichsten Ländern und christlichen Konfessionen machten sich nach Albanien auf. Sie koordinierten ihre Bemühungen, um das Land flächendeckend mit dem Evangelium bekannt zu machen und im Bereich des Sozial- und Bildungswesens Entwicklungshilfe zu leisten.

Bei allen kulturellen Herausforderungen war es für uns ein Vorrecht, Menschen in einer Kleinstadt in Südalbanien Hoffnung zu vermitteln. Gerade junge Leute auf der Suche nach dem Sinn des Lebens erlebten tiefgreifende Veränderung, als sie in Kontakt mit dem himmlischen Vater treten durften.

Uns war es wichtig, nahe bei den Menschen zu wohnen. Unser Wohnblock hatte keine isolierten Wände und oft konnten wir die lautstarken Gespräche unserer Nachbarn mitbekommen und ihnen wurde nicht der viele Krach erspart, den wir als turbulente, deutsche Familie machten. Am Vormittag gingen die Mädels in die albanische Schule und der vierjährige Lion in den Kindergarten. Dies war ein heruntergekommenes Gebäude aus der kommunistischen Zeit. Die Erzieherin von

Lions Gruppe hieß Lume. Sie war etwas über 50, wirkte aber wesentlich älter. Ihr Gesicht war gekennzeichnet vom harten Leben in diesem geschichtsträchtigen Land. Erst machte ich mir Sorgen, ob sie nicht zu streng mit den Kindern sei. Doch dann durfte ich feststellen, dass sie die weiche Seele in diesem Kindergarten war. Um 9 Uhr begann der Unterricht, und ausgerechnet wir Deutschen hatten morgens beim Aufstehen und Frühstücken oft getrödelt. Immer wieder hasteten wir um 9.10 Uhr die Treppen zu Lions Gruppe hoch und hörten aus allen Richtungen den strengen Ton der Erzieherinnen, wie sie den Kindern die Jahreszeiten einpaukten oder sie ermahnten nur mit sauberen Fingernägeln anzutreten. Mir taten die kleinen Kinder leid, die still dasitzen und alles über sich ergehen lassen mussten. Lume war wesentlich entspannter und zugleich engagierter als ihre Kolleginnen. Regelmäßig hatte sie Bastelmaterial vorbereitet und machte Kreatives mit den Sprösslingen. Sie hatte die Fähigkeit sich in die Kinderköpfe hineinzuversetzen und so mit den Kleinen zu kommunizieren, dass sie sich verstanden fühlten. Lion schien in seiner bedächtigen Art keine Anstrengung zu machen, die albanische Sprache zu lernen und sich mit den Leuten um ihn herum zu verständigen. Aber Lume hatte die Fähigkeit, mit Händen und Füßen mit ihm zu kommunizieren. Obwohl er kaum verstand, was um ihn herum passierte, ging er gerne in den Kindergarten.

Am Nachmittag verbrachte ich regelmäßig eine Stunde mit den Kindern auf dem Vorplatz unseres Wohnblocks. Der Boden war mit Schottersteinen, Müll und Glasscherben übersät. Im Sommer war es staubig und im Winter matschig. Doch wir hatten unseren Spaß mit den Nachbarskindern bei verschiedenen Ballspielen. Albanische Väter verbrachten den

Tag mit ihren Kumpels. Und so war es für viele Einheimische eine gewöhnungsbedürftige Szene, dass sich ein erwachsener Mann mit Kindern abgibt. Es sollte mir jedoch egal sein, was sie von mir dachten.

Wir waren gut integriert in unserer Stadt und die Kinder genossen die Vorzüge eines Lebens, das nicht von Zeitdruck und Hektik geprägt war. Trotzdem wurde uns mehr und mehr bewusst, dass wir nicht langfristig in Albanien bleiben konnten. Der pädagogische Ansatz war hier so anders. Es wurde viel Wert auf Auswendiglernen gelegt, aber wenig auf logisches und eigenständiges Denken. Sophie, unsere Älteste, würde bald die Grundschule abschließen und je länger wir hier blieben, desto schwieriger würde der Übergang zum deutschen Schulsystem werden. Außerdem wollte Moni auch wieder in ihren Beruf als Grundschullehrerin einsteigen, und so bereiteten wir uns auf die Heimkehr nach Deutschland im März 2015 vor.

Die letzten Wochen in Albanien waren geprägt vom Abschied-
nehmen, von vielen uns lieb gewordenen Menschen in den
Städten Südalbaniens. Als wir mit unserem vollgepackten
Renault Grand Scenic unsere Wahlheimatstadt verließen,
weinten die Nachbarskinder herzzerreißend. In diesem Ort
haben unsere Sprösslinge ihre Kindheit verbracht. Für Moni
und mich ging es zurück in die Heimat, aber für die Kinder
war es ein Aufbruch in eine Welt, die sie bisher nur von
unseren Heimaturlauben kannten. Wir zogen nach Höllstein,
einem Dorf im Dreiländereck am Südschwarzwald. Unsere
Doppelhaushälfte war dreimal größer als unsere albanische
Wohnung. Zuvor mussten wir zu fünft mit einem engen Bad
zurecht kommen, jetzt hatten wir drei WCs. Die Kinder, die
gewohnt waren, zu dritt ein 15-Quadratmeter-Zimmer zu
teilen, hatten nun jeweils ein Zimmer für sich alleine.
Moni arbeitete im ersten Jahr vollzeitlich als Grundschullehrerin in Weil am Rhein und ich war neben einigen
Gemeindetätigkeiten für den Haushalt verantwortlich.
Morgens weckte ich Lion mit der gleichen Prozedur - einer
Mischung aus Kuscheln, Kitzeln und Balgen. Uns verband eine
innige Vater-Sohn-Beziehung. Lion war pflegeleicht und fast
immer gut gelaunt. Allerdings musste ich ihm wiederholt mit
Nachdruck sagen, dass er beim Anziehen und Frühstücken
nicht trödeln soll. Offensichtlich hat er ein verträumtes
Gemüt. Da habe ich ihm meine Gene weitervererbt und diese
gemeinsame Veranlagung sollte uns zum Verhängnis werden…

## DER BADETAG

Es ist Samstag, der 30. Januar 2016. Nach dem Aufstehen entschließe ich mich spontan, den Nachmittag mit den Kindern im Badeland „Laguna" in Weil am Rhein zu verbringen. Beim Frühstück eröffne ich meinen Plan und ernte damit viel Begeisterung. Den obligatorischen Hausputz erledigen wir viel schneller als sonst und ohne viel Murren. Heute will ich meinen Kindern einen Papa-Tag gönnen und zugleich meiner Frau, die gerade Halbjahreszeugnisse für die Schüler ihrer dritten Klasse zu schreiben hat, den Rücken freihalten. Aus dem Waschkeller krame ich die Badetasche hervor. Wir packen Handtücher, Badeanzüge, eine Flasche Wasser und ein paar Süßigkeiten ein. Bevor wir mittags losziehen, bilden wir in Lions Kinderzimmer nochmals einen Kreis als Familie. Ich erkläre den Kindern: „Mama muss arbeiten und kann leider nicht mit. Aber weil sie Geld verdient, haben wir die Möglichkeit so eine Aktion durchzuführen. Deshalb fände ich es gut, wenn wir Mama jetzt noch segnen, dass auch sie einen guten Nachmittag hat." Einer nach dem anderen betet für Mama. Unser fünfjähriger Lion betet zum allerersten Mal in seinem Leben mit seiner piepsigen Stimme frei heraus: „Gott, hilf Mama bei der Arbeit!" Stolz blicke ich auf meinen kleinen Sohnemann herab und denke mir: „Dieser kleine Junge ist so geradlinig. In seinen jungen Jahren darf er schon Jesus kennen. Ich darf voller Zuversicht sein, dass er sich gesund entwickeln wird!"

Die Stimmung im Auto ist gut, während wir an diesem kalten Wintertag die Bundesstraße Richtung Weil am Rhein entlang fahren. Vor ein paar Monaten waren die Kinder mit Oma und Opa im „Laguna" gewesen und waren begeistert von den großen Rutschen und dem Wellenbad. Ich will möglichst lange dort bleiben und erst am Abend heim fahren. An der Kasse liegt mir Olivia in den Ohren: „Papa, ich will unbedingt tauchen. Ich brauche eine Schwimmbrille." Ich zögere. Normalerweise bin ich ein Schnäppchenjäger. Doch ich will der Begeisterung meiner Tochter keine Abfuhr erteilen und kaufe die etwas teurere Taucherbrille zusammen mit unseren Eintrittskarten.

In der Umkleidekabine schlüpfen wir in unsere Badesachen, duschen uns schnell ab und eilen in die große Halle. Weil gerade das Wellenbad in vollem Gang ist, stelle ich die Badetasche in eine Ecke und springe mit den Kindern sofort rein ins nasse Vergnügen. Ich verweile mit Lion am seichten Eingang, wo sich die Wellen brechen. Die Mädchen, die in der Schule schwimmen gelernt haben, ziehen los und kämpfen gleich gegen die Wogen an. Nachdem das Wasser wieder still geworden ist, schaue ich meinen Sohn an und halte meine rechte Hand waagrecht auf der Höhe seiner Brust: „Lion, du darfst nur bis hierhin ins Wasser gehen!" Daraufhin verlasse ich das Becken, weil ich noch ein paar freie Liegen finden will, wo wir unsere Handtücher und Badetasche ablegen können. Vom Beckenrand drehe ich mich kurz um. Erschreckt sehe ich, wie Lion sich auf seine Schwestern ins tiefere Wasser zu bewegt. Inzwischen reicht ihm das Wasser bis zur Oberkante seiner Unterlippe. Wasser schwappt in seinen Mund und er fängt an zu jammern, weil er merkt, dass er im tiefen Wasser keine Kontrolle und Kraft mehr hat, um zurück ins seichtere Wasser zu strampeln. Sophie schwimmt nur ein paar Meter von ihm entfernt. Wild gestikuliere ich ihr zu, dass sie Lion Richtung Beckenrand schieben soll. Zugleich renne ich um die Blumentöpfe, die als Dekoration dienen, und springe wieder ins Wasser. Doch in diesen wenigen Sekunden hat Sophie ihren Bruder schon dorthin bugsiert, wo er festen Boden unter den Füßen hat. Ich bin perplex. So kenne ich meinen Sohnemann gar nicht. Bisher hat er immer große Scheu vor dem Wasser gehabt. Doch inzwischen scheint er alle Angst abgelegt zu haben und sich der Gefahr, die vom nassen Element ausgeht, gar nicht bewusst zu sein. Ich nehme Lion an der einen und die Badetasche an der anderen Hand. Im hinteren Eck finde ich ein paar freie Liegen in der Nähe des Notausgangs. Mit strengem Ton befehle ich Lion Platz zu nehmen. Ich setze mich neben ihn und schaue ihn ernst an: „Was haben wir ausgemacht? Nur bis zur Brust! Ich gebe dir diese Regel zu deinem Schutz! Ab jetzt darfst du nur noch mit Schwimmflügeln und mit mir zusammen ins Wasser! Nur zum Rutschen ziehst du die Schwimmflügel aus!" Lion wirkt ein bisschen betreten. Auf die Frage, was er jetzt machen möchte, hellt sich sein Gesicht wieder auf und er gluckst: „Rutschen!" Wir flitzen zur gegenüberliegenden Seite und huschen durch eine Tür zum Treppenaufgang, der zu den Rutschen führt. Hier draußen ist es merklich kühler. Ein kalter Schauer läuft über meine nasse Haut, während wir die Treppenstufen zur ersten Etage erklimmen. Links von uns ist der Eingang zur Wildwasserbahnrutsche. Lion schaut mich an und deutet mit dem Zeigefinger nach oben: „Ich will zur schwarzen Rutsche!" Ich nicke und wir rasen den Treppenturm hoch. Er liebt die rasante 100 Meter lange „Black-Hole-Rutsche". Für ihn ist es Faszination pur, die dunkle Röhre herunterzusausen ohne zu wissen, ob die nächste Kurve nach rechts oder links abdreht. Ich rutsche hinter Lion. Im seichten Auffangbecken strahlt er übers ganze Gesicht. Nach ein paar Mal Rutschen latschen wir zurück zu unseren Liegen.

Ich ziehe dem Jungen die Schwimmflügel über die Arme und blase sie auf. Jetzt geht's ab ins warme Erlebnisbad. Lion strampelt fröhlich im Wasser und versucht immer wieder mit sichtlichem Vergnügen, meinen Kopf unterzutauchen. Um 15 Uhr laufen wir zurück zu unseren Liegen und trocknen uns ab. Da kommen auch schon die Mädels angerannt. Ich bin froh, dass sie sich an unsere Abmachung erinnert haben. Zu viert schlendern wir ins Schwimmbad-Restaurant um Mittag zu essen. Während wir unsere Chicken Nuggets und Spagetti Bolognese genüsslich verdrücken, merke ich, wie die schwüle Luft in der Schwimmhalle meinem Kreislauf zusetzt. Ich bin müde und würde gerne ein Nickerchen machen, aber das ist heute nicht drin. Nach dem Essen ziehen die Mädchen wieder alleine los und ich schlage Lion vor, dass wir uns als nächstes im Ganzjahres-Außenbecken tummeln könnten. Nachdem wir die Schwimmflügel an seinen Armen befestigt haben, ziehen wir los. Hier gibt es Champagner-Sprudelliegen, Massage-düsen und einen Wasserfall. Wiederholt versuche ich Lion zu dem Bodensprudler zu schieben, doch das vom Boden aufwallende Wasser ist ihm nicht so ganz geheuer. Nachdem wir die Möglichkeit dieses Beckens ausgereizt haben, geht es zurück in die große Halle. Dort treffen wir Olivia: „Darf ich mit Lion mal ins Wasser?", fragt sie mit erwartungsvollen Augen. Zuhause spielen die beiden oft stundenlang miteinander. Ich freue mich, dass meine Tochter sich so um ihren kleinen Bruder kümmert. Kurz überlege ich: „Hmm, eigentlich habe ich ja die Abmachung mit Lion, dass ich den ganzen Tag mit ihm verbringen werde..." Weil ich aber keine Gefahr erkennen kann und Olivia die Bitte nicht abschlagen will, stimme ich zu. Ich schaue Olivia in die Augen und antworte ihr eindrücklich: „Okay, du musst aber immer bei ihm bleiben und Lion lässt natürlich seine Schwimmflügel an!". In der Zwischenzeit gehe ich zu unseren Liegen, um etwas auszuruhen. Nach wenigen Minuten kommt Olivia mit hängendem Kopf angerauscht: „Ich habe meine Schwimmbrille verloren!". „Komm wir gehen sie suchen!", versuche ich sie zu ermuntern. „Wo hattest du sie denn das letzte Mal gesehen?", will ich wissen. „Ich weiß es nicht!", jammert sie. Angestrengt durchforschen unsere Augen die verschiedenen Becken nach einer blauen Plastik-brille. Wir laufen alle Beckenränder ab. Lion watschelt hinter uns her. Nach erfolgloser Suche gehen wir zur Kabine des Schwimmmeisters. Dieser zeigt uns eine Kiste mit verloren gegangenen Brillen, aber Olivias Brille ist nicht dabei. Als er unsere enttäuschten Gesichter sieht, meint er, wir sollten beim Verlassen des Bades an der Theke beim Ausgang fragen, ob sie dort abgegeben worden sei. Somit haken wir dieses Thema vorerst ab. Olivia geht ihrer Wege, und ich schlendere mit Lion zurück zu den Liegen. Um 17 Uhr schaut mich Lion erwartungsvoll an und meint: „Ich will noch mal rutschen!" Ich lasse ihn alleine ziehen, denn ich denke, dass er damit inzwischen genug Erfahrung hat.

Wir haben mit den Mädels ausgemacht, dass wir uns um 17.15 Uhr noch mal bei den Liegestühlen treffen, um etwas Süßes zu naschen. Sophie kommt in Trippelschritten zu den Liegen und meint: „Es ist so wunderschön und gleichzeitig so anstrengend hier!" Ich hatte ja einige Minuten alleine bei den Liegen verbracht, bin aber keineswegs ausgeruht, vielmehr fühle ich mich wie gerädert nach all den Stunden in dieser heiß-schwülen Halle. Inzwischen sind auch Olivia und Lion eingetroffen. Wir kramen die dragierten Erdnüsse und Gummibärchen aus der Tasche und vernaschen sie genüsslich. Nun erkläre ich den Kindern, dass ich gerne unseren gemeinsamen Badetag im Außenbecken ausklingen lassen würde. Mit Nicken zeigen die drei, dass sie einverstanden sind. Ohne weiter zu überlegen, stehe ich auf. Ich renne den Kindern voraus, um das Wellenbad und Erlebnisbecken herum. Wir verlassen die Haupthalle. Am Ende des Gangs führt eine Treppe ins Wasser und durch einen Plastikvorhang kann man ins Pool unter freiem Himmel gelangen. Es ist auch möglich, durch eine Glastüre direkt die Außenanlage des Schwimmbads zu betreten. Mir kommt ein Blitzgedanke: „Ein kurzer Kälteschock maximiert den Genuss in diesem Becken!" Ich drehe mich kurz zu den Kindern um und sage ihnen: „Kommt, wir gehen hier durch!" Ich öffne die Türe und sprinte fröstelnd durch die eisige Kälte zur Treppe am Beckenrand. Hier lasse ich mich ins 32 Grad warme Wasser gleiten und atme auf. Jetzt ist Entspannung angesagt. Ich schaue mich ein wenig um. Vor einer Stunde war hier ein größeres Getümmel, jetzt sind vielleicht 12 Badegäste da – und jeder ist in seiner Welt.

Ich lasse mir von Massagedüsen eine zeitlang den Rücken massieren. Das tut gut nach all den Stunden, in denen ich mich ständig um Lion gekümmert habe.

Ich schwimme zu dem Wasserfall, der von der Hauswand herabfällt, doch weil da schon drei Jugendliche den Platz besetzen, kehre ich wieder um. Es ist eine besondere Atmosphäre, bei Dunkelheit in diesem bunt bestrahlten Wasser hin- und her zu schwimmen. Wie lange ich mich wohl in diesem Becken schon aufhalte? Drei oder fünf oder zehn Minuten? Ich habe keine Ahnung. Ich habe jedes Zeitgefühl verloren. Irgendwann durchzuckt mich der Gedanke: „Wo sind meine Kinder?" Aus der Mitte des Beckens drehe ich mich um. Es dauert ein paar Sekunden, bis meine Augen in der

Dunkelheit scharf sehen können. Am Beckenrand kann ich die Gesichter von Sophie und Olivia erkennen. Sie tummeln gerade auf den Champagner-Liegen. Ich schwimme auf sie zu und überlege: „Wo ist eigentlich Lion?" Jetzt dämmert es mir: „Als wir losgerannt sind, hatte er keine Schwimmflügel an!" Mein Gehirn wird jäh aus dem Entspannungsmodus gerissen. Bei der Treppe, die wir benutzt haben, ist das Becken 1,30 m tief und der Fünfjährige ist nur 1,10 m groß.

Hätten wir den normalen Eingang benutzt, wäre Lion klar geworden, dass ihm die Schwimmflügel fehlen, bevor er den Plastikvorhang passiert. Aber jetzt? Das Becken ist 15 Meter lang und 13 Meter breit und ich habe keinen Anhaltspunkt, wo sich mein Sohn gerade befindet. Mein Herz fängt an zu rasen. Wie wild wate ich im Wasser hin und her und versuche mit angestrengtem Blick irgendwo den Körper meines Sohnes zu entdecken. Einen Moment überlege ich, die anderen Badegäste anzuschreien und zu bitten, unter Wasser nach meinem Sohn Ausschau zu halten. Doch irgendetwas hemmt mich, dies zu tun und die Ruhe der Leute zu stören. Lieber will ich keine Zeit verlieren und selber auf die Suche gehen. Fieberhaft überlege ich: „Wieso kann ich von hier aus den Kerl nicht finden?" Hastig schwimme ich zum Beckenrand, ziehe mich hoch und steige aus dem Wasser. Von hier aus habe ich einen besseren Überblick. Ich renne zur Ecke wo wir ins Wasser gestiegen sind. Panik überkommt mich als ich realisiere, dass hier kein menschlicher Körper zu erkennen ist. Fröstelnd rase ich ums Becken. Angespannt überprüfen meine Augen den kompletten Beckenrand. Immer wieder lasse ich meinen Blick zur Mitte des Pools gleiten. Ich mustere jedes Gesicht, obwohl ich eigentlich weiß, dass Lions Kopf nicht über Wasser sein kann. Frustriert muss ich feststellen:

Mein Sohn befindet sich nicht unter den Badegästen. Ich bin ratlos. Ist es möglich, dass ich irgendeine Stelle unter Wasser übersehen habe? Ich renne ein zweites Mal um das Becken. Atemlos starre ich auf die dunkleren Wasserpartien, die nicht direkt bestrahlt werden, kann aber keinen menschlichen Körper erkennen. Ich bin wie gelähmt und weiß nicht, was ich jetzt tun soll. Unzählige Gedanken schwirren durch meinen Kopf. Ich bin verwirrt. Lion ist mit uns in dieses Außenbecken gegangen. Er kann nicht schwimmen. Das Wasser ist tiefer als sein Körper. Mehrmals habe ich den ganzen Pool mit meinen Blicken durchkämmt. Wo steckt der Junge bloß? Ich habe keine Antwort auf diese Frage, muss mit dem Schlimmsten rechnen. Oder ist Lion aus irgendeinem unerklärlichen Grund gar nicht hinter mir ins Becken gestiegen? Das macht eigentlich keinen Sinn. Aber wieso ist er hier unauffindbar? Mein Herz ist hin und her gerissen zwischen Hoffen und Bangen. Verwirrt laufe ich durch die ominöse Glastüre zurück in die Badehalle und sofort wird mir klar, dass sich meine schreckliche Befürchtung bestätigt hat …

Der müde Papa gleitet als erster ins warme Nass, ihm folgen eilig die beiden Mädels. Lion, der jüngste ist als letzter an der Reihe. Jeder Muskel seines kleinen Körpers ist angespannt in der Vorfreude hier mit Papa und den Schwestern zu planschen. Er will den Anschluss zu den anderen nicht verpassen und läuft blindlings die Treppenstufen hinunter. Ein Schrecken fährt durch seine Glieder, als er merkt, dass sein ganzer Körper von den Wassermassen begraben wird. Jetzt erst merkt er, dass ihm die Schwimmflügel fehlen, die ihm bisher geholfen haben, seinen Kopf über Wasser zu halten. Einen Moment ist der Junge in Schockstarre. Seine Füße berühren den Beckenboden. Der Unglücksrabe streckt seinen Körper, aber es nützt nichts. Die rettende Wasseroberfläche befindet sich 20 cm über seinem Scheitel. Er hat noch keine Schwimmbewegungen gelernt und strampelt wie wild. Es ist zwecklos. Der kleine Körper bleibt unter Wasser. Es sind furchtbare Momente. Lion versucht zu schreien, doch die Wassermassen erdrücken seine klägliche Stimme. Niemand hat bemerkt, dass der Junge ins Wasser geplumpst ist und nun nicht mehr hochkommt. Sechs Meter von dem Unglücklichen entfernt umarmt sich ein Pärchen und genießt die romantische Atmosphäre dieser Winternacht im gelb-violett beleuchteten Wasser. Auf der gegenüberliegenden Seite schießt ein mehrere Meter breiter Wasserfall ins Becken. Jugendliche stehen direkt darunter, drehen sich langsam und lassen das warme Nass auf ihre Schultern prasseln. Wenige Schritte vom Ort des Schreckens lässt sich der Papa von den Massagedüsen den Rücken massieren, ist aber so in seiner Welt versunken, dass er gar nicht merkt, wie sehr er gerade seinen Sohn im Stich lässt. Die wenigen Badegäste tummeln sich irgendwo verstreut im Becken. Jeder ist mit sich selbst beschäftigt und genießt das warme Wasser an diesem kalten Januarabend. Niemand ahnt, dass neben ihnen gerade ein Unglück passiert. Lange strampelt der Junge weiter panisch mit Händen und Füßen und schnappt wie wild nach Luft. Welch grausame Szene! Die Sekunden verstreichen und sammeln sich zu Minuten. Der Countdown der Lebensuhr läuft unaufhaltsam weiter. Der Atemreflex zwingt den armen Kerl mehr und mehr keimhaltiges Wasser zu schlucken. Seine Lungen füllen sich immer mehr mit Flüssigkeit. Keiner kommt dem Kleinen zur Hilfe. Noch kämpft er ums Überleben. Das Tragische: die rettende Treppe ist direkt hinter ihm. Aber seine Augen sind geschlossen und in seiner panischen Angst hat er völlig die Orientierung verloren. Langsam lassen seine Kräfte nach. Er wird benommen, verliert das Bewusstsein. Der bewegungslose Körper wird an die Oberfläche getrieben. Hier treibt er nun leblos am Beckenrand in dieser dunklen Nacht. Sein Schicksal scheint besiegelt.

Eine der wenigen Badegäste in diesem Becken ist Barbara. Sie ist gebürtig aus Laufenburg an der Schweizer Grenze und arbeitet in der Verwaltung einer Pflegeeinrichtung für Behinderte. Eigentlich hatte sie geplant, an diesem Samstagabend mit ihrem Freund Robert ins Kino zu gehen. Ohne genau zu wissen warum, änderten die beiden ihre Pläne und gingen ins „Laguna". Barbara war erst einmal hier gewesen und das war schon viele Jahre her. Am späten Nachmittag sind die beiden hier eingetroffen. Sie haben sich umgeschaut, was dieses Bad für sie zu bieten hat. Weil das Wellenbad überfüllt war, entschieden die beiden sich für das ruhige Außenbecken. Hier können sie nun die Stille genießen, auf den Champagnerliegen im warmen Wasser ein wenig den Stress der vergangenen Woche ablegen und die Seele baumeln lassen. Barbara lässt ihre Blicke etwas umherschweifen und erkennt im Eck einen kleinen Körper an der Wasseroberfläche treiben. Barbara kennt die Vorgeschichte nicht. Sie weiß nicht, dass dieser Junge im Ausland aufgewachsen ist und dort nicht die Möglichkeit gehabt hatte, schwimmen zu lernen. Ihr ist nicht bewusst, dass der Vater des Jungen vergessen hatte, ihm die Schwimmflügel anzuziehen. Das zum Beckenrand plätschernde Wasser bewirkt, dass sich ein Arm des leblosen Kindes bewegt. Es sieht aus wie ein Lebenszeichen. Barbara kommt zu dem logischen Schluss, dass hier wohl ein Kind absichtlich mit dem Kopf unter Wasser den Grund des Bodens beobachtet und das Tauchen übt. Ohne sich weiter Gedanken darüber zu machen, wendet sie sich wieder Robert zu. Kein Mensch nimmt wahr, was nun passiert: Der kleine Körper verschwindet von der Wasseroberfläche und beginnt zu sinken. Zugleich sinken die Überlebenschancen des Jungen rapide.

Barbara rappelt sich von der gemütlichen Liege auf, um in die Mitte des Beckens zu schwimmen. Noch ein bisschen will sie das warme Nass genießen bevor sie sich wieder in die Haupthalle begibt. Unbewusst lässt sie ihren Blick noch mal umherschweifen. Da wird sie stutzig: Da drüben ist das Kind nicht mehr zu sehen. Unverzüglich watet sie zu dem Ort, wo sie es zuletzt gesehen hat. „Komisch, gerade hat er hier noch getaucht. So schnell kann er doch nicht weggeschwommen sein!", denkt sie sich. Sie sucht unter Wasser, aber da scheint niemand zu sein. Erst nach einigen Sekunden erkennt sie im dunklen Eck direkt vor der Treppe die Umrisse eines Körpers, der in Embryonalstellung am Beckengrund liegt. Aufgeregt wendet sie sich ihrem Freund zu, zeigt auf das Eck und ruft: „Robert, hier unten liegt ein Kind. Hol' es raus!" Diese Worte lassen Adrenalin durch Roberts Körper schießen. Blitzartig hebt er sich von der Sprudelliege und schwimmt in die Richtung, in die seine Freundin gezeigt hat. Er taucht ab, und mit offenen Augen sieht er schemenhaft ein bewegungsloses Wesen im dunklen Wasser kauern. Mit beiden Händen greift er danach und schiebt sich mit aller Kraft an die Wasseroberfläche, während der Körper wie ein Sack in seinen Armen liegt. Mit einer schwungvollen Drehung hebt er das Ding auf seine linke Schulter, während er die Treppe hochsteigt. Barbara folgt ihm auf den Fuß.

Robert schaut das nasse Bündel an und erkennt, dass es ein Junge ist. Das Gesicht des Kindes ist ausdruckslos, die Augen sind geschlossen. Keinerlei Regung ist zu erkennen. Die Atmung hat ausgesetzt. Wie lange war der Kerl schon unter Wasser? Ist er schon tot? Robert hat keine Zeit, sich weiter Gedanken zu machen. Sollte es noch eine Überlebenschance geben, zählt jetzt jede Sekunde. Sein Herz rast. Hektik will sich breit machen. Er muss sofort handeln. Aber was ist zu tun? Erst vor einem Jahr hatte ihn seine Firma zu einem Erste-Hilfe-Kurs verpflichtet. Doch hier hat es Robert nicht mit einer Übung an einer Puppe zu tun, bei der man sich Zeit lassen kann. Hier ist größte Eile geboten. Als er den Kurs absolvierte, rechnete er nicht damit, jemals das Erlernte anwenden zu müssen. Fieberhaft versucht Robert sich zu erinnern, welche Maßnahmen bei welchen Anzeichen unternommen werden müssen. Ihm wird klar, dass er versuchen muss den Jungen zu beatmen, aber hier im Außenbereich ist es viel zu kalt für nasse Leute und besonders für den unterkühlten Körper des Ertrunkenen. „Wir müssen rein!" ruft er seiner Freundin zu.

Barbara sprintet zur Glastüre und hält sie auf. Robert lässt den Jungen von seiner Schulter gleiten und presst ihn mit dem rechten Arm gegen seinen eigenen Oberkörper, damit dieses glitschige Wesen nicht abrutschen kann. Mit großen Schritten hastet er durch die Türe. Drinnen hält er den reglosen Jungen mit der linken Hand am Kopf und lässt ihn auf den Fliesenboden gleiten. Während man das laute Getümmel von der wenige Meter entfernten Haupthalle hört, ist dieser Gang zum Außenbecken menschenleer. Barbara steht daneben. Einerseits würde sie gerne beobachten, was jetzt geschieht, weiß aber, dass sie Hilfe herbei rufen muss und rennt los, um jemand vom Personal des Schwimmbades zu finden. Die Bademeisterkabine ist leer. Nervös rennt Barbara um die Becken, bis sie endlich einen Bademeister am Rande des Wellenbads entdeckt. Wild gestikulierend macht sie diesem klar, dass es auf der anderen Seite der Schwimmhalle einen Notfall gibt und eilt ihm voraus.

Im Wellenbecken herrscht reges Treiben. Kein Mensch nimmt wahr, dass in unmittelbarer Nähe ein Kampf um Leben und Tod tobt. Robert ist mit dem ertrunkenen Kind ganz alleine. Er beugt sich unverzüglich über Lion und versucht durch Mund-zu-Mund-Beatmung Sauerstoff in die Lunge des leblosen Jungen zu pusten. Nach ein paar Versuchen hebt Robert seinen Oberkörper und starrt auf das Gesicht. Ernüchtert muss er feststellen, dass der kleine Körper keinerlei Regung zeigt. Ein Pärchen läuft an Robert vorbei auf dem Weg ins Außenbecken. Verdutzt sehen die beiden auf das Wesen, das am Boden liegt und stellen neugierig Fragen. Das ist zwar gut gemeint, denkt Robert, aber kontraproduktiv. Er steht gerade unter höchstem Stress. Wenn jemand mit anpacken und Herzmassage machen würde, wäre das eine

Hilfe, aber was er gerade überhaupt nicht brauchen kann, sind Fragen beantworten zu müssen, während er versucht den Jungen wiederzubeleben. Das Pärchen geht zum Glück weiter.

Möglicherweise sind jetzt schon drei Minuten vergangen, seit er den Jungen aus dem Wasser geholt hat. Falls es noch eine Überlebenschance gibt, zählt jede Sekunde. Robert setzt zur zweiten Mund-zu-Mund-Beatmung an und bläst. Voll Bangen schaut er auf den kleinen Körper. Wieder ist keinerlei Reaktion zu erkennen. Welche Enttäuschung! Langsam setzt sich der Gedanke durch, dass wohl jede Hilfe zu spät ist. Aber er will und darf nicht aufgeben. Zum dritten Mal beugt er sich über den Ertrunkenen und beatmet ihn. Robert muss Luft holen und hebt den Kopf. War da gerade etwa eine Regung zu erkennen? Robert starrt auf das Gesicht. Bewegen sich da gerade die Lider? Ja, die Augen beginnen zu flackern. Der Junge gibt tatsächlich ein Lebenszeichen von sich! Roberts Herz schlägt höher. Hoffnung keimt auf, dass die Rettungs-aktion doch nicht umsonst ist. Was soll er jetzt tun? Noch mal beatmen? Herzmassage? Da ertönt einen schrecklicher Laut aus dem Mund des Kleinen. Er stößt Wasser und Luft gemeinsam aus, was einen eigenartigen Pfeifton produziert. Der Junge beginnt zu husten. Ein Schwall von Wasser, Blut und Schleim kommt aus seinem Mund und der arme Kerl lässt ein herzzerreißendes Schreien ertönen. Wie ein Baby, das gerade durch den Geburtskanal gepresst wurde, aber mit der vollen Lautstärke eines Fünfjährigen. Lion lebt! In letzter Sekunde ist er dem Tod von der Schippe gesprungen.

Inzwischen sind auch Barbara und der Bademeister zur Stelle. Dieser kann gar nicht so recht realisieren, was da gerade passiert ist. Barbara macht ihm deutlich, dass der wie am Spieß brüllende Junge nicht zu ihnen gehört und dass der Knabe soeben noch ohne jedes Lebenszeichen war. Es herrscht allgemeine Ratlosigkeit. Was sollen sie mit dem erbärmlichen Kerl machen? Der Bademeister hebt den Kleinen auf.

Der Junge brüllt: „Paapaa!" Aber der ist weit und breit nirgends zu sehen. Der Bademeister, steuert mit dem laut schreienden Wesen auf dem Arm Richtung Haupthalle. Er läuft die Fußseite des Wellenbeckens entlang in der Hoffnung, dass Familienangehörige hellhörig werden und sich zu dem unbekannten Kind begeben.

Obwohl ich in unmittelbarer Nähe gewesen bin, habe ich die Rettungsaktion nicht mitbekommen. Nun bin ich irritiert, dass Lion nicht im Außenbecken zu finden ist. „Wieso hat er sich ohne Bescheid zu geben entfernt?", denke ich verärgert. Während ich die Glastüre zur Schwimmhalle öffne, höre ich aus 20 Meter Entfernung auf der linken Seite ein jämmerliches, lautes Kindergeschrei. Sofort erkenne ich Lions Stimme und blitzartig ist mir klar, dass etwas Schreckliches passiert ist. Ich sprinte zum Ort, woher das Geschrei kommt und sehe das Häufchen Elend auf dem Arm des Bademeisters. „Sind Sie der Vater?", fragte er. Ich nicke. „Wo waren Sie denn???", schnauzt er mich vorwurfsvoll an. Welch berechtigte Frage! Wo war ich denn? Wie konnte ich es zulassen, dass dies passierte? Schuldgefühle übermannen mich. Ich nehme den Jungen in meinen Arm. Ich presse ihn an mich und bemerke, dass sein Oberkörper voller Schleim ist. Ich spreche ihn an. Unbeholfen versuche ich ihn zu trösten. Dabei bin ich selber wie betäubt und kann keinen klaren Gedanken fassen. Gerade jetzt sollte ich meinem Sohn Halt und Geborgenheit vermitteln, aber ich bin selber unter Schock. Mein Verstand befindet sich im Dämmerzustand.

Die Umgebung nehme ich wie durch einen Schleier wahr. Das Bündel in meinem Arm brüllt sich weiter lauthals den Schrecken der vergangenen Minuten aus der Seele. Am liebsten würde ich ihm sagen, er solle sich beruhigen, da mir die ganze Szene sehr peinlich ist. Ich kann förmlich die Blicke der Leute spüren, die sich in dieser Halle zu uns umdrehen. Wie ein begossener Pudel stehe ich da.

Die Stimme des Bademeisters reißt mich aus meinen

Gedanken. Er zeigt auf einen Mann, der uns aus zehn Metern Entfernung beobachtet, und meint: „Dies ist der Badegast, der den Jungen aus dem Wasser gefischt und mehrmals reanimiert hat. Als der Junge nach der Wiederbelebung zu sich gekommen ist, hat er Blut gespuckt."

Ich fühle mich wie ein taumelnder Boxer, der durch diese Information völlig ausgeknockt wird. Mit dem Jungen auf dem Arm setze ich mich wie benommen auf eine Liege hinter mir und versuche diese Information irgendwie zu verarbeiten. Gerade kommen meine Töchter aus dem Außenbereich in die Halle. Sobald sie Lion auf meinem Arm sehen, ändert sich ihr Gesichtsausdruck schlagartig. Sie sind betroffen, ihren kleinen Bruder so leiden zu sehen. Nun sehe ich aus den Augenwinkeln, dass der Lebensretter meines Sohnes zögernd auf uns zu kommt. Er hatte gewartet, damit wir uns ein bisschen sammeln können. Während er sich langsam nähert, überkommt mich eine Gefühlsmischung aus Dankbarkeit, Scham und Beklommenheit. Ich fühle mich ohnmächtig. Dieser Mann hat gerade meinem Sohn das Leben gerettet und meine Familie vor unsäglichem Leid bewahrt. Ich habe keine Chance, mich ihm jemals auch nur ansatzweise erkenntlich zu zeigen; schon gar nicht in meinem jetzigen Zustand. Doch jetzt den Kontakt zu vermeiden wäre noch unangebrachter. Als er neben mir steht, fasele ich unbeholfen davon, dass ich vergessen hatte, dem Jungen die Schwimmflügel anzuziehen. Robert wirkt sehr zurückhaltend. Das ist wohltuend. Manch anderer hätte wohl an seiner Stelle erwähnt, welche Heldentat er gerade geleistet hat. Robert tut dies nicht. Er macht mir auch keine Vorwürfe, dass ich als Vater versagt habe. Er erzählt mir in aller Kürze ganz nüchtern, wie er Lion aus dem Wasser gezogen und reanimiert hat. Irgendwie drücke ich meinen Dank aus, fühle mich dabei aber elend und unzulänglich. Nach einem kurzen Gespräch verabschiede ich mich von Robert. Eigentlich sollte ich wissen, dass das für beide Seiten keine zufriedenstellende Verarbeitung des gerade Geschehenen ist. Aber mein Versagen hat mir so zugesetzt, dass ich nicht klar denken kann. In meinem Schockzustand komme ich gar nicht darauf, mir Roberts Telefonnummer geben zu lassen. Ich weiß nicht einmal wie er mit Nachnamen heißt oder wo er wohnt. Der Lebensretter meines Sohnes verschwindet aus meinem Blickfeld.

Ich sage den Kindern, dass wir auf die gegenüberliegende Seite zu unserer Badetasche laufen. Schweren Schrittes gehe ich mit Lion im Arm voraus, die Mädchen schlurfen mit hängenden Köpfen hinterher. Das Brüllen des Jungen hat sich inzwischen in ein jämmerliches Schluchzen verwandelt. Bei unseren Badeliegen angekommen, setze ich mich erst mal hin.

Der Traum eines erholsamen und vergnüglichen Badetages war wie eine Seifenblase zerplatzt. Mit niedergeschlagener Stimme klagt Sophie: „Ich wünschte, wir wären heute gar nicht hergekommen." Ich weiß, dass es gut ist, dass sie ihre Gefühlslage ausdrückt, doch für mich sind diese Worte ein weiterer Schlag auf meine wunde Seele.

Da sehe ich Christian vorbeilaufen, ein Bekannter aus unserer Kirchengemeinde. Vor ein paar Wochen waren wir gemeinsam auf einem Männerwochenende. Er hört das Schluchzen meines Sohnes und fragt nach, was passiert ist. Es ist mir peinlich, dass er uns in diesem jämmerlichen Zustand sieht. Mit knappen Worten erkläre ich ihm, dass Lion ertrunken ist. Daraufhin meint Christian: „Ich bin mit meiner Frau Martina hier, können wir euch irgendwie helfen? Einer von uns könnte deine Mädchen nach Hause fahren." Ich bin dankbar für diese Hilfsbereitschaft, kann aber im Schockzustand keinen klaren Gedanken fassen. In meiner Unbeholfenheit antworte ich: „Danke, aber ich glaube wir kommen klar." Als Christian sich wieder verabschiedet, muss ich mir eingestehen, dass ich gerade Unsinn geredet habe. Eigentlich bin völlig überfordert mit dieser Situation.

Die Bademeisterin kommt auf uns zu und informiert mich, dass sie den Krankenwagen bestellt hatte. Ihr Kollege ist auch dabei. Es ist der Mann, der Lion auf dem Arm hatte und mich ungehalten angefahren hat, weil ich nicht auf ihn aufgepasst hatte. Er setzt sich neben mich. Seine Gesichtszüge sind weich, da ist kein Anzeichen von Vorwurf mehr. Wahrscheinlich kann er sehen, wie sehr mir dieses Erlebnis zugesetzt hat, und nun begegnet er mir voll Mitgefühl.

Meine Gedanken schweifen zu Moni. Sie sitzt zuhause und brütet über den Noten ihrer Schüler. Sie ist bestimmt froh, ohne Kinderlärm arbeiten zu können. Ich möchte ihr eigentlich keinen zusätzlichen Stress zumuten, weiß aber auch, dass es meine Pflicht ist, sie jetzt zu verständigen. Mit der linken Hand krame ich mein Handy aus der Badetasche, während ich meinen inzwischen leiser schluchzenden Sohn mit der anderen Hand auf meinem Schoß weiter festhalte.

Ich wähle unsere Festnetznummer, kann aber keine Verbindung aufbauen. Der Bademeister erklärt, dass es hier drin keinen Handyempfang gibt und bietet mir sein schnurloses Telefon an. Dankbar greife ich danach, tippe die Nummer ein. Es tutet dreimal, dann meldet sich Moni auf der anderen Seite der Leitung. Ich hole tief Luft. In meinem Schockzustand lege ich los und berichte etwas wirr: „Etwas Schlimmes ist passiert. Glück im Unglück, Lion ist fast ertrunken, der Krankenwagen kommt gleich." Moni antwortet: „Erstmal langsam. Wo ist Lion und wie geht es ihm?"

„Er ist auf meinem Arm und weint", antworte ich. „Soll ich ihn dir geben?" Ich halte ihm den Hörer hin, so dass er die Stimme seiner Mutter hören kann. Wimmernd antwortet er auf Mamas Fragen mit „ja" und „nein". In diesem Moment werden wir verständigt, dass der Krankenwagen gekommen ist. Ich ziehe den Hörer zurück an mein Ohr und gebe meiner Frau Bescheid, dass wir Schluss machen müssen. Ich fühle mich nicht wohl in meiner Haut – ich habe als Vater und als Ehemann versagt. Ich kann nur ansatzweise erahnen, welch großer emotionaler Belastung ich meine Frau in diesem Moment ausgesetzt habe.

An diesem Nachmittag hat Moni die letzten Noten in die Zeugnisformulare getippt und Eintragungen über Konflikte der vergangenen Woche gemacht, die es mit der Schulsozialarbeiterin zu besprechen gibt. Der Wiedereinstieg in den Lehrerberuf nach elf Jahren im Ausland hat sie in den vergangenen Monaten voll in Beschlag genommen. Selbst als Missionarskind im Kongo aufgewachsen, hat sie damit gerechnet den Wechsel spielerisch zu meistern. Doch die Rückkehr in die deutsche Kultur mit streng getaktetem Terminkalender verlangt ihr alle Konzentration ab. Die Kinder ihrer lebhaften dritten Klasse hat sie längst ins Herz geschlossen, doch fehlt ihr nach der vollen Woche oft die Kraft für ihre eigenen Kinder. Da kommt es gerade recht, dass der Rest der Familie sich ins Schwimmbad verzieht. Die Stille im Haus lässt sie heute richtig produktiv sein. Gerade überfliegt sie noch einmal die grobe Planung der nächsten Woche. Dann kommt der Anruf ihres spürbar verzweifelten Ehemanns. Lion sei fast ertrunken und müsse ins Krankenhaus. Im Hörer erklingt die herzzerreißende Stimme ihres aufgelösten Sohnes. Im Hintergrund hört sie geschäftige Geräusche aus dem Schwimmbad. Das Gespräch müsse abgebrochen werden, weil der Rettungswagen da sei. Dann legt sie auf. Wieder ist es ganz ruhig in ihrem Büro. Doch nun ist es eine andere Stille. War sie davor geschäftig und friedlich, so ist sie nun bedrohlich. Der Boden scheint unter Monis Füßen zu wanken. Sie setzt sich. Der Moment, den jede Mutter, jedes Elternteil am meisten fürchtet, scheint hereingebrochen zu sein: Dem eigenen Kind ist etwas Schlimmes zugestoßen. Wie sehr sie sich wünscht jetzt bei ihm zu sein, sein Gesicht zu sehen, seine Hand zu halten. Sie fühlt sich ohnmächtig. Nagende Fragen drängen sich in ihre Gedanken: Was bedeutet reanimiert? Bedeutet das gerettet? Oder vielleicht nur vorübergehend gerettet? Wie lange war er unter Wasser? Hat sein Gehirn unter Sauerstoffmangel gelitten? Gedanken über Gedanken strömen auf Moni ein. Das Telefonat war viel zu kurz als dass sie sich ein klares Bild der Lage machen könnte. Sie tut, was sie immer macht, wenn sie sich sortieren muss: Sie setzt sich ans Klavier und spielt. Doch es will keine Melodie kommen. Was, wenn es Gottes Wille ist, dass er uns so früh verlässt? Welch ein schrecklicher Gedanke! Über ihre Lippen kommt ein Stoßgebet: „Herr, du hast ihn uns geschenkt, erhalte sein Leben! Hilf uns jetzt!"

Verzweiflung will sich breit machen. Mit zitternden Fingern wählt Moni die Nummer der Nachbarin und Freundin und erzählt mit kurzen Worten das Wenige, das sie selbst weiß. Warum nur konnte sie nicht mehr Information bekommen in dem kurzen Telefonat? Sie will Fakten! Jetzt, sofort! Sie will wissen woran sie ist! Offensichtlich ist es ja ein Notfall bei dem wenig Zeit zum umständlichen Erklären gegeben war. Außerdem hat sie ja herausgehört, dass Daniel unter Schock stand. Aber diese rationalen Gedanken können ihre aufwallenden Emotionen kaum in den Griff bekommen. Wieder zittern die Finger als sie versucht, ihre Eltern im acht Kilometer entfernten Haagen anzurufen. Doch es nimmt niemand ab. „Was soll ich jetzt bloß machen?" fragt sie sich ratlos. Sie greift nochmals zum Telefon und tippt die Nummer ihrer Schwester ein, die mit ihrer Familie gegenüber von den Eltern wohnt: „Nur ganz kurz, Anita. Es ist etwas Schlimmes passiert. Ich weiß selber nichts Genaueres, aber könnte ich euch bitten, mich ins Krankenhaus zu fahren? Es muss sehr schnell gehen. Irgendetwas stimmt mit Lion nicht." Dann schreibt sie eine Mail an die sogenannten SOS-Beter der Kirchengemeinde, die extra für Notfälle ansprechbar sind. Die Minuten, die nun vergehen, fühlen sich an wie Stunden. In einem Zustand, der einen mechanisch Dinge tun lässt, während die Gefühle Achterbahn fahren, packt sie für Lion und sich selbst die nötigsten Dinge fürs Krankenhaus ein: Unterwäsche, Schlafanzug, Wechselklamotten, Zahnputzzeug und ein Kinderbuch zum Vorlesen. Alle Geschichten vom kleinen Bären. „Das ist ja wie vor der Geburt, als ich die Krankenhaustasche packte", denkt sie. Die schöne Erinnerung wird sofort wieder von der Realität überschattet. Jetzt kann sie in der Garderobe nur noch auf die Schwester warten. „Vater, ich will es jetzt wissen. Trägst du in solch einer Situation ganz durch? Bist du auch dann der Halt, wenn der Boden erdbebengleich nicht mehr hält? Du kennst diese Situation, du weißt, wie es Lion und meiner Familie jetzt geht, greife ein!" Plötzlich legt sich ein Friede auf Moni, der sich schwer beschreiben lässt. Sie erinnert sich: Der Name des Gottes Jahwe bedeutet „Ich bin Da". Überall. Immer. Auch jetzt. Das erfährt sie in diesem Moment. Es klingelt an der Tür. Anitas Auto steht abfahrbereit vor dem Haus.

Im 15 km entfernten Weil am Rhein hat der Krankenwagen zum Glück beim Notausgang des Schwimmbads geparkt, welcher sich hinter unserer Badeliege befindet. Ein Sanitäter nimmt den geschwächten Burschen aus meinen Armen und trägt ihn durch die Türe. Ich drehe mich zu den Mädchen um, bitte sie zu warten, werfe mir ein Handtuch über, und folge meinem Sohn bibbernd in die kalte Nacht. Im Krankenwagen legen sie Lion auf eine Bahre, kleben ihm Elektrodenpads an seine Brust und Bauch, an die Kabel angeschlossen werden, um die Funktion der inneren Organe zu messen. Daraufhin hüllen sie den kühlen Körper notdürftig in eine Decke ein. Während er so daliegt, beruhigt sich Lion endlich und wird ganz still. Auf die freundlichen Fragen des Sanitäters antwortet er im Wisper-Ton. Nach wenigen Minuten betritt der Arzt den Krankenwagen. Der Sanitäter wendet sich an Lion und scherzt mit ihm: „Gib mir Bescheid, wenn der Arzt dir wehtut, dann zieh ich ihm die Ohren lang!" Der Arzt hört den Körper des Kleinen ab und fragt mich, wie lange die Wiederbelebung gedauert hat. Beschämt muss ich bekennen, dass ich nicht dabei gewesen bin und nur die Information vom Bademeister habe, nämlich dass die Wiederbelebung schätzungsweise fünf Minuten gedauert habe.

Der Arzt klärt mich auf, dass Lion ins Krankenhaus müsse, weil seine Lunge voller Wasser sei. Ich seufze innerlich und frage, ob eine seiner Schwestern mit im Krankenwagen mitfahren dürfe, damit Lion eine vertraute Person bei sich hat. Der Sanitäter fragt mich, wie alt die Mädchen seien. „Acht und zehn Jahre alt", gebe ich zur Antwort. „Aus Sicherheitsgründen ist das leider nicht möglich", erhalte ich zur Antwort.

„Schade", denke ich bei mir, muss es aber akzeptieren. Wir vereinbaren, dass ich mich mit den Mädels schnell umziehen und dann den Sanitätern Bescheid geben werde, damit wir zeitgleich losfahren. Ungeduldig eile ich ins Schwimmbad zurück. Meine Mädchen waren die ganze Zeit gelangweilt herumgestanden. Eigentlich sollte ich ihnen etwas Aufmerksamkeit schenken, oder sie wenigstens mit einem ermutigenden Wort etwas aufpäppeln. Aber dafür habe ich gerade keine Energie. Hastig krame ich unser Badezeug zusammen und erkläre den Kindern technisch, dass wir uns jetzt ganz schnell umziehen müssten. Mit der Badetasche in der linken Hand renne ich zum Ausgang, die beiden müssen selber schauen, dass sie hinter mir herkommen. Ich lasse den Duschbereich links liegen, krame meine Kleider aus meinem Spind und steuere die erste freie Umkleidekabine an. Ich habe meine sonst so gemütliche Art abgelegt, ziehe mich in Windeseile um und rufe sogleich lautstark die Namen meiner Töchter. Sie antworten aus einer benachbarten Umkleidekabine. Ungeduldig klopfe ich an der Türe: „Beeilt euch, wir müssen los!" Innerlich weiß ich, dass es nicht fair von mir ist, sie nach dieser schockierenden Erfahrung und dem langen Warten so unter Druck zu setzen. Aber ich will einfach nur weg von hier. Als sie endlich fertig sind, gehen wir die Treppe zum Eingangsbereich des Schwimmbads hoch. Bei der Theke angekommen erinnert mich Olivia, dass wir nach der verloren gegangene Schwimmbrille fragen wollten. Doch nun scheint mir dieses Anliegen zu belanglos und kurz angebunden erkläre ich ihr, dass wir dafür jetzt keine Zeit haben. In meiner hektischen Stimmung erkläre ich der Mitarbeiterin hinter der Theke kurz, dass wir zu dem verunglückten Jungen gehören und bitte sie den Sanitäter zu verständigen.

Sie erklärt mir, dass das nicht ginge, sie könne aber den Bademeister anrufen. Mit diesen Worten wählt sie die Nummer und hält mir das Telefon hin. Ich fühle mich durch ihre Antwort ausgebremst. „Kann sie das nicht selber klären?", denke ich bei mir. Jegliche Kommunikation kostet mich gerade so viel Energie. Aber ich habe auch keine Kraft mit ihr zu diskutieren und nehme widerstrebend den Hörer in die Hand. Ungeduldig warte ich, bis sich endlich eine Stimme am anderen Ende meldet. Mechanisch gebe ich die Anweisung, dem Sanitäter Bescheid zu geben, dass wir jetzt losfahren und lege auf.

Mit der überfüllten Badetasche in der Hand und den Mädchen im Schlepptau haste ich nach draußen. Während ich die Straße zum Parkplatz überquere, benetzt Nieselregen mein zerzaustes Haar. Ich schiebe das Gepäck notdürftig in den Kofferraum. Kurz überlege ich: „Soll ich noch mal Moni mit dem Handy anrufen?"

In meiner emotionalen Taubheit treffe ich die falsche Entscheidung und stecke stattdessen den Schlüssel in die Zündung. Wir fahren los zum Elisabethenkrankenhaus in Lörrach. An diesem Ort erblickte Lion vor fünfeinhalb Jahren nach einer Wassergeburt das Licht der Welt.

Wir fahren durch den kürzlich gebauten Tunnel, der Weil am Rhein und Lörrach miteinander verbindet. Zuvor hatte man zweimal die Schweizer Grenze passieren müssen, obwohl die beiden Städte fast nahtlos ineinander übergehen. Auf der Wiesentalstraße prasselt der Regen auf die Windschutzscheibe. Eine Unzahl Gedanken schwirren mir gleichzeitig durch den Kopf: „Besteht noch eine Gefahr für das Leben von Lion? Wie wird Moni mit der ganzen Sache klarkommen? Was werden die Leute im Krankenhaus von mir denken, wenn sie von meiner groben Fahrlässigkeit erfahren? Wie soll ich meiner Familie und meinen Freunden mitteilen, was heute passiert ist? Was denkt der Retter von Lion gerade über mich?"

Im Lörracher Stadtteil Stetten muss ich an der Ampel halten. Ich krame das Handy aus der Hosentasche. Auf dem Display steht die Warnung „Akku fast leer". „Oh nein, auch das noch!", seufze ich. Doch bevor das Handy den Geist aufgibt, kann ich Moni kurz anzurufen und sie darüber unterrichten, dass wir bald das Elisabethenkrankenhaus erreichen. Sie gibt mir Bescheid, dass sie sich auch gleich auf den Weg dorthin macht. Hinter uns ist eine Sirene zu hören. Ein Notarzt-Auto mit Blaulicht fährt an uns vorbei auf die entgegengesetzte Fahrbahn, um den Gegenverkehr am Linksabbiegen zu hindern. Rechts überholt uns ein Krankenwagen. „Da liegt mein Sohn drin", denke ich mir. Wie geht es ihm wohl? Kann er ganz normal atmen? Hat er gerade Angst, weil er nur von fremden Menschen umgeben ist?"

Ich kann es immer noch nicht fassen, was in der letzten Stunde geschehen ist. Zugleich bin ich als jemand, der viele Jahre in einem Entwicklungsland gelebt hat, dankbar für die deutsche Infrastruktur und Versorgung.

Endlich schaltet die Ampel auf Grün. Ich werde aus meinen Tagträumen gerissen und biege rechts in Richtung Innenstadt ein. Ich kann mich kaum auf den Verkehr konzentrieren. Ich weiß, dass hier irgendwo Radarfallen aufgestellt sind, doch ist es mir gerade ziemlich egal, ob ich geblitzt werde. Ich parke das Auto am Krankenhausparkplatz. Wieder hetze ich die Kinder mir schnell zu folgen. Ich renne in die Eingangshalle des Krankenhauses, die Mädels hecheln mir hinterher. Der Pförtnerin sage ich, ich sei der Vater des verunglückten Kindes. Mit der Hand deutet sie an, in welche Richtung wir gehen sollten. „Beim Bärenschild müsst ihr rechts rein zur ambulanten Aufnahme der Kinderklinik!" weist sie uns an. Ich verliere keine Sekunde und renne los. Völlig außer Atem frage ich die Dame an der Rezeption der Kinderstation, wo mein Sohn steckt. „Er ist noch nicht angekommen", versucht sie mich zu beruhigen. Der Raum in der Intensivstation wird gerade vorbereitet." Ich hebe die Augenbrauen: „Er muss also auf die Intensivstation?" Die Dame nickt. Mir wird klar, dass diese Information bedeutet, dass Lions Zustand weiterhin als kritisch einzustufen ist.

Eine Krankenschwester kommt gerade vom hinteren Gang auf uns zugelaufen. Ich flehe sie an, dass ich bitte mitgehen dürfe, damit mein kleiner Sohn die Prozedur nicht alleine machen muss. Sie meint: „Bei der Aufnahme dürfte eigentlich niemand dabei sein, doch eigentlich sollte es gehen, dass Sie als Vater ihn begleiten."

„Aber sie müssten doch schon da sein, sie haben uns doch auf der Wiesentalstraße überholt!", frage ich etwas ungehalten. Die Dame an der Rezeption erklärt mir ruhig: „Der Kranken-wagen fährt ins Untergeschoss und es dauert ein wenig, bis sie im Aufzug hoch kommen." Eine weitere Krankenschwester bietet uns Wasser an, was wir dankend annehmen und lädt uns ein, auf den Stühlen im Gang Platz zu nehmen. Doch dafür bin ich zu aufgeregt. Nervös laufe ich hin und her. Endlich öffnet sich die Seitentüre. Auf einer großen, fahrbaren Bahre liegt der kleine Körper meines Sohnes. Hastig laufe ich neben ihm her, damit er mich sehen kann. Damit erschwere ich den Sanitätern das Manövrieren durch die Gänge des Kranken-hauses.

Die Mädchen folgen bis vor den Eingang der Intensivstation. Dort kümmert sich eine Krankenschwester um sie. Ich darf mit reingehen. Auf der linken Seite des Raumes ist ein Frühchen im Brutkasten, rechts steht ein großes Krankenbett. Das Kopfende ist von allen möglichen Messgeräten umgeben.

Lion wird vom Sanitäter auf das vorbereitete Bett gehievt. Wieder wird sein Körper an Kabel angeschlossen und mit den Apparaten verbunden, die die Funktion seiner inneren Organe überprüfen. Das Personal der Intensivstation steht um Lions Bett herum. Dahinter versuche ich zu beobachten, was gerade passiert. Der sonst so schmerzempfindliche Lion erträgt es still, als ein Arzt einen Zugang in die Vene seines linken Arms legt, um Blut zu entnehmen und einen Venenkatheter anzuschließen, damit der geschwächte Körper mit Elektrolyten und Antibiotikum versorgt werden kann.

Auf die Fragen des Arztes über den Hergang des Unfalls und wie lange Lion unter Wasser gewesen ist, muss ich wieder zerknirscht zugeben, dass ich nur weiß, dass er reanimiert wurde und etwas Blut gespuckt hat. Da Lion immer noch in der nassen Badehose da liegt, schlage ich vor, seine Wechselkleider aus dem Auto zu holen. Ich eile zum Parkplatz, krame Lions Klamotten zusammen und auf dem Rückweg sehe ich das Auto meiner Schwägerin vor dem Krankenhaus anhalten und Moni aussteigen. Schnellen Schrittes und zugleich voller Scham gehe ich auf sie zu und stammle, dass ich versagt habe. Sie gibt mir zärtlich einen Kuss, umarmt mich und meint mitfühlend: „Du bist unter Schock!" Mir schießen Tränen in die Augen. Ich nehme Moni an der Hand und führe sie ins Krankenhaus. Wir klingeln am Eingang zur Intensivstation, eine Krankenschwester kommt und öffnet uns die Türe. Moni hat schnell die nötigsten Sachen gepackt. In ihrer warmherzigen Art begrüßt sie Lion, zieht ihm den mitgebrachten Schlafanzug an, während ich seine nun unnötigen Wechselkleider unter einem Stuhl verstaue. Der diensthabende Arzt winkt uns in ein Nebenzimmer und klärt uns auf: Lion habe viel Wasser in der Lunge. Weil man nicht weiß, welche Keime im Wasser sind, bestünde die Gefahr einer Lungenentzündung. Man wisse auch nicht, wie sein Körper reagieren werde. Im Kampf gegen das Wasser in der Lunge bestünde auch die Gefahr, dass sein Körper austrockne. Es muss ihm nicht entgangen sein, wie gebeutelt ich schon bin, aber zugleich weiß er, dass er uns diese Information nicht vorenthalten darf. Uns wird klar, dass Lion noch nicht „überm Berg" ist. Ernüchtert gehen wir zurück ins Zimmer. Lion ist bleich im Gesicht und auf die Fragen des Personals antwortet er im Flüsterton. Moni erzählt der netten Krankenschwester, die sich um Lion kümmert, dass Olivia erst vor wenigen Monaten hier in dieses Krankenhaus mit Gehirnerschütterung und Schürfwunden eingeliefert worden sei. Ich schaue zu Lion und frage ihn: „Weißt du noch, wie deine Schwester gestürzt ist und deshalb hierher ins Krankenhaus musste?" Seine Augen blicken verständnislos ins Leere. Ein Anflug von Panik überfällt mich. Ein schrecklicher Gedanke drängt sich mir auf: „O nein, der Sauerstoffmangel hat wohl sein Erinnerungsvermögen beeinträchtigt!" Die Krankenschwester hat alles mit sorgenvoller Miene beobachtet und meint: „Wir müssen wohl sein Gehirn noch überprüfen!" Da ertönt die piepsige Stimme vom Bett: „Am Gullideckel!" Erleichtert seufze ich auf. Lion kann sich doch erinnern, dass Olivia mit dem Roller am Kanaldeckel hängen geblieben war, was den Sturz ausgelöst hatte. An diesem Tag erlebt meine emotionale Belastbarkeit eine Zerreißprobe zwischen Hoffen und Bangen, Sorge und Erleichterung.

Moni versucht Lion zu erheitern, zeigt auf den Pulsoxymeter

am Zeigefinger und meint: „Schau, da hast du jetzt sogar eine Fingergarage bekommen!" Der Junge lächelt schwach.

Nach einiger Zeit meint sie, ich solle in meinem Zustand lieber nicht Auto fahren. Ihre Schwester Anita könne mich und die Kinder nach Hause bringen, während sie noch bei Lion bliebe. Ich weiß, dass sie recht hat und händige ihr den Autoschlüssel aus. Dann laufe ich nochmals ums Bett und gehe in die Knie, um Lion in die Augen zu schauen. „Lion, wir haben beide die Abmachung vergessen, dass wir zusammenbleiben und du immer Schwimmflügel anhaben musst. Kannst du mir vergeben, dass ich da nicht auf dich aufgepasst habe?" Der schwache Knirps antwortet mit einem kaum vernehmbaren „Ja", doch ich weiß, dass es von Herzen kommt. Ich verabschiede mich von meinem Sohn, von Moni und dem Personal. Geknickt verlasse ich die Intensivstation. Äußerlich versuche ich irgendwie die Contenance zu wahren. Innerlich gleiche ich aber einem Boxer, der gerade von seinem Gegner böse zugerichtet wurde und taumelnd im Boxring steht.

Ungewollt muss Moni den heutigen Abend an diesem Ort verbringen. Zugleich denkt sie sich:

Was für ein Geschenk! Endlich kann ich bei meinem Jungen sein. Mitleidsvoll blickt sie auf sein Gesicht, das noch von den Strapazen gezeichnet ist. Und doch blitzt immer wieder sein typisches Wesen durch, wenn er schwach grinst oder leise und schüchtern antwortet, wenn die Ärzte ihn etwas fragen.

Inzwischen ist auch die junge Mutter ins Zimmer gekommen und beugt sich über ihr Baby, das im Brutkasten sehr geräuschvoll atmet.

„Es fühlt sich an wie eine zweite Geburt. Lion ist uns ein zweites Mal geschenkt worden", durchzuckt es Moni. „Ganz egal, was nun kommt: Er lebt!" Trotz der vielen Schläuche und Kabel um Lions Körper drückt Moni ihren Sohn an sich, streichelt ihn übers Haar, übersät das bleiche Gesicht mit Küssen. „Lion! Du bist da, du lebst! Ich freu mich so!" Der diensthabende Arzt betritt den Raum und prüft den Gesamtzustand des Jungen: „Oh nein, dieses Atemgeräusch hört sich gar nicht gut an." Moni will wissen, was das konkret zu bedeuten hat, erhält aber nur eine vage Antwort: „Das müssen wir überwachen." Hier trifft sie eine Entscheidung, die ihr in den nächsten Wochen sehr helfen wird: „Ich werde Sorgen keinen Raum geben und kein Kopfkino zulassen!" Es ist der feste Entschluss, sich nicht in Einzelheiten auszumalen, was alles hätte passieren können: Lions Körper hätte unter Wasser unentdeckt bleiben können, oder es hätte zu spät sein können, als er aus dem Wasser gefischt wurde. Er hätte nach der Reanimation doch noch sterben können. Plötzlich sind all diese Szenarien gar nicht mehr abwegig. Noch ist nicht sicher, ob sein Gehirn oder seine Lunge nicht irreparable Schäden davontragen werden. Aber mit solchen Sorgen kann Moni weder sich selbst, noch Lion, noch irgendjemand anderem helfen. „Mama, liest du mir was vor?", unterbricht eine zarte Stimme ihre Gedanken. Ach ja, sie hat ja das Buch mit Geschichten vom kleinen Bären mitgebracht. Sie kramt das Buch aus der Tasche, legt sich neben den Jungen ins Bett und fängt an vorzulesen. Dies tut beiden sichtlich gut und hat eine beruhigende Wirkung. Mitten im Buch werden beide stutzig. Der kleine Bär war ausgerutscht und ins Wasser gefallen. „Der große Bär watete in den Fluss", liest Moni. „Im Nu war er beim kleinen Bären und zog ihn aus dem Wasser. ‚Weine nicht‘, sagte der große Bär und drückte den kleinen Bären fest an sich. ‚Gleich bist du wieder trocken‘." „Schau mal, Lion, das bist ja DU!" Moni hatte dieses Buch zuvor noch nie gelesen. Es war einfach ein Griff ins Bücherregal. Ein zufälliger. Dieser Moment muss genutzt werden: „Schau mal, Lion, der kleine Bär ist ins Wasser gefallen, genau wie du heute. Und der Papa Bär hat ihn rausgeholt. Und dich hat ein Retter rausgeholt. Der Papa im Himmel hat auf dich aufgepasst und dein irdischer Papa konnte dich wieder in den Arm nehmen." Lion betrachtet die Bilder sehr genau in einem langen Moment konzentrierter Stille. Er vertieft sich in das Bild, wo der große Papa Bär den kleinen, weinenden und triefenden Bären an sich drückt. Lion entspannt sich weiter. Irgendwann sind die Atemgeräusche, trotz des Röchelns, die eines schlafenden Jungen.

# First Years

# Family Life

Partnerlook

Unsere Zeit in Albanien

# Safe and sound

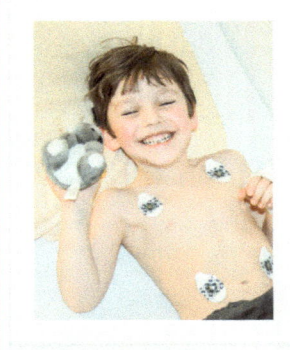 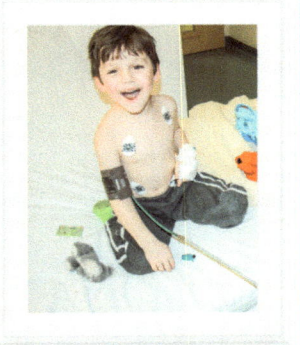

Im Lörracher Krankenhaus

Zurück am Ort des Unglücks

Begegnung mit den Rettern

Ohne Wasserscheu im französischen Mittelmeer

## ÜBERWÄLTIGT VON SCHAM

Während Moni in der Intensivstation zurückbleibt, fährt Anita mich und die Mädels nach Hause. Ich bin dankbar, dass meine Schwägerin uns so bereitwillig in dieser Situation zur Seite steht. Während wir die dunkle und leere Bundesstraße nach Höllstein fahren, nehme ich die Welt um mich herum nur verschwommen wahr. Es ist ganz still im Auto. Uns ist nicht nach Reden zumute. Ich kann meine Tränen nicht mehr zurückhalten. Als wir ankommen, bedanke ich mich bei Anita. Beim Abschied bietet sie an für uns zu beten. Da platzt es aus mir heraus: „Mein Sohn könnte jetzt tot sein – und es wäre meine Schuld!" Sie legt ihre Hand auf meine Schulter und betet für mich und die ganze Familie. Während sie betet, überflutet ein übernatürlicher Friede meine Gedanken. Zum ersten Mal an diesem Abend kommt mein Herz für einen Moment zur Ruhe. Auf dem Weg zu unsrem Haus wirft Sophie ihre Arme um mich und sagt mitfühlend: „Papa, du musst dir keine Vorwürfe machen!" Wieder schießen mir Tränen in die Augen. Ich krame ein paar Sachen aus dem Kühlschrank. Schweigend essen wir eine Kleinigkeit zu Abend. Ich bin benommen und meine Empfindungen sind taub. Sophie durchbricht das Schweigen: „Ich möchte jetzt über etwas anderes als den Unfall von Lion nachdenken." Meine Töchter waren in den vergangenen Stunden genug Schwerem ausgesetzt gewesen und deshalb beschließen wir, dass sie im Dachgeschoss einen Kinderfilm anschauen und damit hoffentlich abschalten können.

Es ist inzwischen 21 Uhr. Knapp vier Stunden sind seit dem Unglück vergangen und ich bin zum ersten Mal alleine. Einerseits bin ich froh, endlich niemanden um mich zu haben, andererseits bin ich nun gezwungen mich mit mir selber auseinanderzusetzen. Am liebsten möchte ich vor mir selbst davon laufen. Ich sinke ins Wohnzimmersofa.

Alle möglichen Gedanken schwirren durch meinen Kopf. Ich kann sie nicht aufhalten. Ich weiß nicht, welchem ich nachgehen soll, und ich habe keine Ahnung, wie ich diesen Abend verbringen soll. Einerseits fühle ich mich in der Pflicht, meine Eltern und nahen Verwandten in Kenntnis zu setzen. Gleichzeitig bin ich zu gehemmt und zu beschämt um sie anzurufen. Was soll ich jetzt machen? Es ist frustrierend. Ich fühle mich wie ein Auto, das in einem Schlammloch gelandet ist. Aber je mehr ich aufs Gas drücke, desto mehr drehen die Räder durch. Es ist zwecklos. Ich stecke fest und komme nicht aus meiner elenden Stimmung raus.

In die dunkle Verwirrung meiner Gedankenwelt schießt ein Blitzgedanke. Ich könnte Ton, einen engen Freund aus Holland kontaktieren. Der ist ausgebildeter Seelsorger.

Ich muss alle Energie aufbringen, um nach dem Laptop auf dem Kaffeetisch vor mir zu greifen. Ich öffne meinen Skype-Account und schreibe ihm: „Hallo Ton, falls du Zeit hast, ich würde gerne dir passiert in Bezug auf traumatische Beziehung."

Ton muss diesen verwirrten Lückentext wohl mehrmals lesen. Der Satz macht keinen Sinn, aber eins wird ihm klar: Hier muss etwas Gravierendes passiert sein. Mein Freund schreibt unverzüglich zurück: „Wie geht's? Was ist passiert? Ich bin heute umgezogen. Sollen wir telefonieren?" Während ich diese Zeile lese sinkt mein Herz. Ausgerechnet heute ist mein Freund umgezogen. Ich bräuchte gerade dringend jemanden zur Seite, damit ich irgendwie verarbeiten kann, was passiert ist. Aber Ton wird nach diesem anstrengenden Tag kaum dazu in der Lage sein. Deshalb schreibe ich zurück:

54

„Lion ist fast ertrunken und es war meine Schuld … Er ist jetzt auf Intensivstation … Da du heute umgezogen bist, ist es wahrscheinlich kein guter Zeitpunkt, uns darüber auszutauschen. Das verstehe ich."

Ton antwortet prompt: „Ich werde dich auf Skype in ein paar Minuten anrufen. Lass uns darüber reden."

Einerseits steigen wieder Schuldgefühle in mir hoch. Wie kann ich meinen Freund nach so einem strapaziösen Tag beanspruchen? Wie geht es seiner Frau damit, dass er sich jetzt noch mit mir abgibt? Andererseits bin ich dankbar und erleichtert über seine Bereitschaft, für mich da zu sein. Auf dem Bildschirm sehe ich ihn in seinem neuen Wohnzimmer auf Video-Skype und in einem kleinen Fenster sehe ich die Aufnahme meiner Laptopkamera. Der Schock ist mir noch ins Gesicht geschrieben und meine Haare sind immer noch völlig zerzaust. Mein Äußeres ist ein Spiegelbild meines Innenlebens.

Mit einigen Sätzen erzähle ich, was passiert ist. Ton reagiert einfühlsam: „Du musst unter Schock sein!" Dann analysiert er: „Lion ist in ärztlicher Betreuung. Jetzt geht es erstmal um dich. Was sind denn deine Empfindungen über das Geschehene und wie siehst du dich selber darin?" „Ich fühle mich wie ein Versager und bin voller Schuldgefühle! Ich habe meinen Sohn im Stich gelassen, und es hätte ihm das Leben kosten können", gebe ich niedergeschlagen zur Antwort. Daraufhin meint Ton: „Aber du weißt, dass du eigentlich ein sehr fürsorglicher Vater für deinen Sohn bist." Ton kennt unser Familienleben, und diese Ermutigung tut mir gut.

„In Persönlichkeitstests werde ich unter anderem als ,verwirrter Professor' beschrieben, und das macht mir gerade Mühe. Warum bin ich so gepolt, dass ich selbst in einer so brenzligen Lage abschalte?" Ton lacht am anderen Ende – offensichtlich kann er meine Gedanken nachvollziehen. Dann meint er: „Ja Daniel, du hast einen Fehler gemacht, aber weißt du, wir können unsere Kinder nie vollständig beschützen. Letztlich müssen wir sie immer wieder dem Schutz Gottes anvertrauen."

Während wir so über Internet miteinander reden, klingelt das Telefon. Ich zögere, ob ich rangehen sollte. Zum einen bin ich ja im Gespräch und außerdem will ich gerade mit niemand anderem über den Vorfall reden. Doch Ton ermutigt mich, den Anruf entgegenzunehmen und deutet an, dass er gerne wartet. Das ist gut, denn der Arzt aus der Intensivstation ist am Apparat. Er erklärt mir, dass er versucht habe, den Retter Lions anzurufen, diesen aber nicht erreicht. Er wolle wissen, ob Lion Schleim gespuckt hätte. Da erinnere ich mich, dass Lions Bauch voller Schleim gewesen ist, als ich ihn schreiend auf dem Arm gehalten habe. Ich frage den Arzt, ob diese Information irgendwelche Bewandtnis für Lions Zustand habe, doch er beruhigt mich, dass es nicht so schlimm sei. Ich atme tief durch und nutze den Moment: „Sie haben die Telefonnummer des Mannes, der Lion gerettet hat? Könnten wir sie haben?" Er klärt mich auf, dass er erst dessen Erlaubnis einholen müsse, bevor er uns die Nummer aushändigen könne. Ich beende das Telefonat, wende mich wieder dem Laptop zu und sehe meinen Bekannten, der geduldig gewartet hat. Eine konkrete Frage habe ich für ihn: „Einerseits fühle ich mich verpflichtet, den Verwandten Bescheid zu geben, andererseits bin ich dafür aber innerlich blockiert. Was soll ich tun?" Ton anwortet: „In deinem momentanen Zustand ist es weder für die Angehörigen noch für dich gut, wenn du sie jetzt anrufst. Lass lieber etwas Zeit verstreichen." Es kommt auch kurz zu Sprache, welche Auswirkung diese Erfahrung auf die beiden Mädchen hat. Ton erklärt mir: „Wenn sie merken, dass du leidest, werden sie versuchen, dich zu beschützen. So funktionieren Kinder!" Mir wird klar, dass ich dafür sorgen will, dass das Erlebte sie in ihren jungen Jahren nicht allzu sehr in Mitleidenschaft zieht. Wenn Redebedarf da ist, sollen sie ausdrücken dürfen, was sie beschäftigt. Ansonsten ist es gut, wenn sie sich auch mit anderen Dingen beschäftigen.

Abschließend schlägt Ton vor, dass wir noch gemeinsam beteten und beginnt: "Himmlischer Vater, wir brechen die Macht dieses Schocks; er darf keinen Einfluss mehr über Daniels Leben haben!" Ich unterdrücke mein Weinen, während ich Gott gegenüber ausdrücke: „Vater, ich bin dir so dankbar, dass du das Leben von Lion gerettet hast. Du siehst, wie es mir gerade geht mit all den Schuldgefühlen." Ton unterbricht unser Gebet und wendet sich wieder an mich: „Möglicherweise bist du jetzt noch nicht so weit, aber eine Entscheidung steht früher oder später an: Du solltest dir selbst vergeben."

Mir ist überhaupt nicht danach zumute. Kann ich so tun, als ob nichts passiert wäre angesichts dessen, dass mein Fehlverhalten um ein Haar das Leben meines Sohnes gekostet hätte? Zugleich ist mir klar: Wenn ich nicht bereit bin mir selbst zu vergeben, werde ich den Prozess der inneren Wiederherstellung unnötig in die Länge ziehen – oder schlimmer noch: Gefühle der Unzulänglichkeit könnten mich mein Leben lang belasten und meine Beziehungen in Mitleidenschaft ziehen. Deshalb ringe ich mich zu diesem Gebet durch: „Gott, in dem Wissen, dass du mir vergeben hast, vergebe ich mir selbst, dass ich in diesem kritischen Moment nicht für Lion da gewesen bin. Amen."

Bevor wir das Gespräch beenden, bietet mir Ton an, auch in

den nächsten Tagen für mich da zu sein und mich im Prozess der inneren Wiederherstellung zu begleiten.

Inzwischen ist es 22 Uhr. Die Kinder haben ihren Film zu Ende geschaut. Mir ist wichtig, diesen aufwühlenden Tag mit einer positiven Note ausklingen lassen. Beim Zubettbringen sage ich ihnen: „Gott hat Lion bewahrt und dieses Wissen, dass Gott treu auf seiner Kinder schaut, darf uns Zuversicht geben." Wie jeden Abend segne ich sie jeweils in ihren Kinderzimmern.

Ich gehe zurück ins Wohnzimmer. Hier bin ich wieder alleine. Ich bin nicht mehr so aufgewühlt, fühle mich aber emotional ausgelaugt. Wie soll ich die Zeit verbringen, bis Moni heimkommt? Ich schalte den Fernseher ein um etwas abzuschalten. In der ARD kommt ein Krimi, doch der tut mir gerade nicht sehr gut, deshalb schalte ich um zu einer Doku. Die würde mich normalerweise nicht interessieren, aber jetzt hilft sie mir, die Zeit totzuschlagen. Es ist kurz nach halb Zwölf, als ich das Geräusch unseres lauten Sharans höre. Ich freue mich und bin zugleich angespannt.

Moni betritt das Haus, legt ihre Jacke ab und setzt sich zu mir aufs Sofa. Ich weiß, dass ich heute noch eine Sache erledigen muss. Ich bitte sie konkret um Vergebung, dass ich ihr Vertrauen verletzt habe, was die Obhut unseres Sohns angeht. Sie antwortet mit Vorsicht: „Ich vergebe dir, aber es wird wohl noch etwas dauern, bis ich die ganze Sache verarbeitet habe." Dankbarkeit erfüllt mich, dass meine Frau so verständnisvoll reagiert, dabei aber die Situation nüchtern einschätzen kann.

Sie teilt mir noch mit, dass sie im Krankenhaus den Sanitäter getroffen hat, der Lion nach dem Unfall im Krankenwagen betreut hat. Als sie sich bei ihm bedanken wollte, meinte der: „Ich habe eigentlich nichts getan! Der Badegast, der Lion reanimiert hat, der hat alles richtig gemacht." Irgendwie ist mir klar, dass ich diesen Retter treffen muss, selbst wenn die Begegnung beschämend für mich sein wird.

Moni bittet mich noch die Wäsche aufzuhängen. Eigentlich bin ich hundemüde. Zugleich ist mir bewusst, dass dies nur ein kleines Entgegenkommen ist verglichen damit, was ich meiner Frau an diesem Tag zugemutet habe. So gehe ich in den Keller und ziehe die feuchte Wäsche aus der Waschmaschine in einen Korb. Mechanisch hänge ich ein Stück nach dem anderen auf. Da bleiben meine Augen an einer Thermohose von Lion hängen. Auf dem Markenlabel lese ich „Alive". Während ich es aufhänge, denke ich: „Danke Gott für diesen Wink mit dem Zaunpfahl. Lion lebt, weil Du ihn gerettet hast!"

Völlig erledigt schlurfe ich die Treppe hoch, mache mich fertig, schlüpfe unter die Decke und döse gleich ein. Doch in dieser Nacht schlafe ich nicht sehr tief. Wiederholt wache ich auf und die schmerzhafte Erinnerung des vergangenen Tages legt sich wie ein schweres Gewicht auf mich. Halbwach grübele ich, ob das Ganze doch noch eine negative Wendung nehmen könnte. Was, wenn bei Lion auf der Intensivstation eine Lungenentzündung ausbricht und die Ärzte sie nicht in den Griff bekommen? Doch zugleich ist da Gottes Zusage: Lion ist „alive" – er soll leben!

## DIE GEFÜHLSWELT AUF ACHTERBAHNFAHRT

Um 8.30 Uhr stehe ich auf. Während ich unter der Dusche stehe, höre ich das Telefon klingeln. Kurze Zeit später kommt Moni ins Bad: Die Krankenschwester hat angerufen und Bescheid gegeben, dass Lion aufgewacht ist. Ich schlage Moni vor, dass ich Lion zuerst besuche. Ich kann es nicht erwarten meinen Sohn wiederzusehen. Olivia ist auch schon wach und will mitkommen. Unter der Woche kommt man auf der viel befahrenen Bundesstraße von Steinen nach Lörrach nur im Schneckentempo voran. Doch an diesem Sonntagmorgen ist die Straße zum Glück leer gefegt und wir kommen schnell durch. Nachdem ich einen Parkplatz in der Nebenstraße des Krankenhauses gefunden habe, renne ich mit meiner Tochter zum Krankenhaus und steuere unverzüglich die Intensivstation an. Heute darf auch Olivia eintreten und den Raum mit all den Hightech-Geräten bewundern. Wir laufen zu Lions Bett. Dieser ist offensichtlich noch geschwächt, aber inzwischen ist wieder etwas Farbe in sein Gesicht zurückgekehrt. Er wirkt sehr ruhig, fast schon entspannt. Als erstes frage ich ihn, ob er gut geschlafen habe. Ich bin verdutzt, dass er verneint, muss dann aber schmunzeln, als er mir den Grund nennt: „Das Baby auf der anderen Seite hat in der Nacht so viel geweint!" Ich lese Lion ein bisschen aus den mitgebrachten Büchern vor, will aber nicht zu lange bleiben, damit Moni ihn an diesem Vormittag noch sehen kann. Es ist gut, dass Olivia dabei ist. Sie hat eine Kämpfernatur. Es ist hilfreich, dass sie die ganze Situation nicht so stark belastet. So kann sie Lion recht entspannt begegnen. Als wir uns verabschieden, fangen die beiden an miteinander zu schäkern. Ein verschmitztes Lächeln ist auf Lions Gesicht zu erkennen. Ich atme auf. Mein Sohn ist auf dem besten Weg der Besserung. Bei der Verabschiedung sehen wir den Arzt. Es ist der gleiche, der sich gestern Abend um Lion gekümmert und uns aufgeklärt hat, dass man die Folgeschäden des Ertrinkungsunfalls noch nicht abschätzen könne. In wenigen Worten erklärt er uns, dass Lion nun „überm Berg" sei. Man könne ihn von der Intensivstation in die Kinderstation verlegen. Sie würden das aber nur machen, wenn ein Elternteil dabei ist. Auf der Rückfahrt rede ich kaum ein Wort mit meiner Tochter. Wieder muss ich all die Eindrücke verarbeiten. Meine Gefühlslage entspannt sich langsam. Endlich darf ich realisieren: „Mein Sohn lebt! Ich brauche mir keine Sorgen mehr zu machen." Nach dem Frühstück fährt Moni nach Lörrach und ich bleibe zuhause. Es ist Sonntagmorgen. Normalerweise wären wir jetzt im Gottesdienst. Ich habe viel Zeit. Während ich die Küche aufräume, laufen die Szenen der vergangenen Tage wie Filmsequenzen durch meinen Kopf. Wie Messerstiche trifft der wiederkehrende Gedanke meine wunde Seele: „Mein Sohn könnte jetzt tot sein" Dabei male ich mir die Folgen aus: Wir müssten uns jetzt um die Beerdigung kümmern. Welcher Belastung wäre unsere Ehe und Familie ausgesetzt! Würde ich so einen Schicksalsschlag je wegstecken können? Ich stelle mir vor, was passiert wäre, wenn Robert Lion nur wenige Minuten später aus dem Wasser gefischt hätte. Aufgrund des Sauerstoffmangels im Gehirn wäre mein Sohn jetzt geistig behindert.

Am liebsten möchte ich mir einreden, dass der ganze Vorfall sowieso irgendwie gut ausgegangen wäre. Aber ich kann die Tatsache einfach nicht verleugnen: dieser Ertrinkungsunfall hätte um ein Haar ein verheerendes Ende genommen. Nur der scheinbare „Zufall", dass jemand Lion unter Wasser gesehen hat, hat ihm das Leben gerettet. Diese Gedanken tun meiner Seele weh. Mir wird plötzlich bewusst, wie zerbrechlich das menschliche Leben tatsächlich ist. Zugleich spüre ich, dass es mir nicht gut tut, dieses Kopfkino ungehemmt laufen zu lassen. Immer wieder muss ich mich entscheiden, diese Gedankengänge zu unterbrechen. Ich darf den wichtigsten Aspekt des gestrigen Tages nicht unter den Tisch fallen lassen: Das Leben meines Sohnes liegt in Gottes Hand.

An diesem Sonntag befinde ich mich in einem intensiven Wechselbad der Gefühle. Manchmal überfluten mich Frieden und Dankbarkeit, doch Sekunden später will die Scham meines Versagens über mich hereinbrechen. Dann wiederum überkommen mich Gedanken der Schuldzuweisung: „Wieso hat Lion nicht die Schwimmflügel angezogen, nachdem ich es ihm doch gesagt hatte? Wieso haben die Mädchen nicht gesehen, dass Lion hinter ihnen ins Wasser geglitten war? Wieso ist der Bademeister nicht zur Stelle gewesen?" Aber immer wieder muss ich mir eingestehen: Es ist zwecklos, anderen die Schuld in die Schuhe zu schieben. Die Indizienlast ist erdrückend. Ich bin es gewesen, der vergessen hat, Lion die Schwimmflügel anzuziehen. Ich bin den Kindern voraus gerannt durch die Türe zur steilen Treppe ins Wasser. Ich habe Lion aus den Augen verloren. Man kann auch nicht erwarten, dass ein Bademeister bei 4 Grad Celsius am Rande des Außenbeckens steht und nach kleinen Kindern Ausschau hält. Ich – und niemand sonst – trage die Verantwortung. Vor meinem inneren Auge lasse ich noch mal die groteske Szene aus der Vogelperspektive Revue passieren: Während ich mir genüsslich am Beckenrand den Rücken von den Wasserdüsen massieren lasse, kämpft mein Sohn wenige Meter entfernt verzweifelt um sein Leben. Was für ein Versager ich doch bin!

Wiederholt muss ich mir in Erinnerung rufen, dass ich mich ja entschieden habe, mir selber zu vergeben. Meine Empfindungen Gott gegenüber sind nicht nur von Dankbarkeit geprägt. Innerlich kämpfe ich auch mit Vorwürfen: „Gott, hast du mir absichtlich diesen Blackout gegeben? Warum hast du mich mit dieser verträumten Persönlichkeit ausgestattet?" Ich ziehe mich ins Schlafzimmer zurück, werfe mich aufs Bett und weine hemmungslos. Irgendwie wünsche ich, es gäbe einen „Delete-Knopf" für den gestrigen Tag. Wie viel würde ich dafür geben, diesen Tag ungeschehen zu machen! Immer wieder habe ich in der Vergangenheit gebetet: „Gott, ich komme in der Erziehung immer wieder an meine Grenzen. Fülle du meine Mängel aus, damit meine Kinder keinen Schaden davon tragen." Am gestrigen Tag ist dieses Gebet auf drastische Weise erhört worden. In meinem Herzen schreit eine Anklage: „Gott musste es sein, dass meine Schwächen so deutlich zu Tage treten, dass unser gesamter Familien- und Freundeskreis davon erfahren wird?"

Meine Seele befindet sich in einem dunklen Wald. Ich bin orientierungslos und fühle mich verloren. Doch nach einiger Zeit spüre ich, wie der himmlische Vater auf meine Fragen antwortet: „Ja, Daniel, deine Unachtsamkeit hätte fatale Folgen haben können. Doch mein Auge hat die ganze Zeit über meinem und deinem Sohn gewacht. Ich hatte die Situation völlig im Griff. Ich habe dafür gesorgt, dass zum rechten Augenblick die richtigen Leute an der richtigen Stelle waren. Ich habe das Unglück abgewendet. Dafür solltest du dankbar sein. Was ist also die Ursache für deine Anklage? Rühren deine inneren Kämpfe nicht daher, dass du dir jetzt Sorgen machst, wie du vor anderen Menschen dastehst?"

Diese Worte beschämen und überführen mich. Mein halbes

Leben habe ich im Ausland in der Mission verbracht und in den Heimaturlauben wurde mir viel Respekt für meine Arbeit gezollt. Das fühlte sich gut an. Jetzt lebe ich mit meiner Familie wieder in Deutschland. Würden einige Leute denken, ich unfähig sei für das anspruchsvollere Leben in Deutschland? Würden sie verwundert den Kopf schütteln, wie ich nur so fahrlässig mit dem Leben meines Sohnes umgehen konnte? In meinem Versagen stehe ich wie entblößt vor ihnen.

Wie ein Lichtstrahl vom Himmel fällt die Erkenntnis in meine Seele: Es soll mir gleichgültig sein, was andere von mir denken. Sie erhellt meine düsteren Gedanken und wärmt meine Emotionen. Ich werde ruhiger und kann meine Anklage Gott gegenüber fallen lassen. Die Scham muss ein Stück zurückweichen.

Moni kommt am späteren Nachmittag vom Krankenhaus zurück. Sie berichtet, dass sie Lion gar nicht mehr auf der Intensivstation angetroffen hat. Das Krankenhauspersonal hat bemerkt, wie gelassen dieser Fünfjährige war, so dass sie entschieden, ihn auch ohne unser Beisein von der Intensivstation in die Kinderklinik zu verlegen. Trotz der traumatischen Erfahrung scheint mein Sohn im Krankenhaus sehr gelassen zu sein. Ich bin stolz auf ihn. Weiterhin erzählt mir Moni, dass sie Lion zum EEG-Schreiben begleitet hat. So sollte getestet werden, ob der Ertrinkungsunfall Schäden im Gehirn verursacht hat.

Während wir im Wohnzimmer zusammensitzen und plaudern, platzt es aus Sophie heraus: „Mir geht es nicht gut. Ich weiß gar nicht warum. Mich nimmt die Sache mit Lion so mit!" Die ganze Situation ist für unsere hochsensible älteste Tochter emotional sehr belastend und sie zieht sich in ihr Zimmer zurück. Ich schaue Moni an. Sie kann sich sehr gut mit unserer

Tochter identifizieren und meint, dass wir aufpassen müssen, dass sich jetzt nicht alles um Lion dreht. Auch den Mädchen müssen wir unsere Aufmerksamkeit schenken, damit sie sich nicht zur Seite geschoben fühlen. Ich weiß, dass sie recht hat. Am frühen Abend fahre ich noch mal mit beiden Mädels zum Krankenhaus. Als wir den Gang entlanglaufen, erhellt sich Olivias Gesicht bei der Erinnerung an ihren Aufenthalt in dieser Kinderstation. Drei Tage war sie nach der Gehirnerschütterung hier. Für sie war es ein schöner Ort, an dem sie viel Besuch Freunden und Verwandten bekommen hat. Als wir in Lions Zimmer eintreten, werden wir von einem strahlenden Kindergesicht empfangen. Lions Gesicht ist wieder rosig und seine gesamte Körpersprache zeigt, dass er sich gut erholt. Um 18.30 Uhr klopft es an der Türe und Monis Eltern treten ein. Ich halte die Luft an. Jetzt wird es sich zeigen, ob ich Bekannten und Verwandten frei begegnen kann, oder ob ich weiter von der Sorge geritten werde, was sie über mich denken. Zum Glück ist meine Beziehung mit den Schwiegereltern sehr herzlich. Mit einem mulmigen Gefühl gehe ich auf sie zu und umarme sie. Meine Anspannung verfliegt. Jetzt spüre ich die positive Auswirkung von Gottes Anweisung, mir keine Gedanken zu machen, was andere von mir denken. Mein Schwiegervater begrüßt mich mit dem Satz: „Daniel, du musst dir keine Vorwürfe machen!" Ich drehe mich kurz weg, weil ich wieder mit den Tränen kämpfe.

Wenig später betritt meine Schwägerin Anita den Raum, begleitet von der einjährigen Soraya und dem dreijährigen Kai. Begeistert zeigt der Junge Lion sein Geschenk, ein Überraschungsei und beginnt es auszupacken. Mit einem Lachen nimmt ihm Anita das Ding aus der Hand: „Das darf doch der Lion öffnen!". Mein Sprössling redet nicht viel, aber an seinem Gesicht kann man erkennen, dass er es offensichtlich genießt, im Zentrum der Aufmerksamkeit zu stehen. Da die Mädels am nächsten Tag wieder in die Schule müssen, möchte ich nicht zu lange bleiben. Wir verabschieden uns von Lion und den Angehörigen. Ich bin dankbar, dass die Schwiegereltern die Abendschicht bei Lion übernehmen. Als wir das Krankenhaus verlassen, kommt uns Evelyn, Monis Schwägerin, mit ihren beiden Jüngsten entgegen. Der vierjährige Jaron zeigt mir stolz eine Packung Dino-Kekse, die er Lion gleich überreichen wird. Welch ein Segen, eine große Verwandtschaft zu haben, die in Zeiten der Not für einen da ist!

Auf der Rückfahrt schaue ich kurz in den Innenspiegel, um einen Blick auf Sophie auf der Rückbank zu erhaschen. Sie sieht viel entspannter aus als heute Nachmittag.

Fast schon fröhlich betrete ich unser Heim und begrüße meine Frau locker mit der Frage: „Hallo Schatz, wie geht es dir?" Die Antwort ernüchtert mich: „Gar nicht gut". Ich blicke in Monis bedrückte Miene und hake vorsichtig nach, „wegen Lion?". Sie nickt still. Moni bemerkt, dass ich nach dem Unfall unter Schock stand und ihr war klar, dass hier wenigstens eine Person stark sein muss. Als ich ihr signalisiere, dass ich „überm Berg" bin, kann sie es sich leisten Gefühle zuzulassen. Sie muss sich mit der Tatsache auseinandersetzten, dass ihr geliebter Sohn nur haarscharf dem Tod entronnen ist. Moni lässt mich teilhaben an den Gefühlen der Ohnmacht und Wut, die sie zu überwältigen drohen. Schuldgefühle steigen wieder in mir hoch. Normalerweise will ich meiner Frau zur Seite stehen, wenn es ihr nicht gut geht. Doch dieses Mal bin ja ich die Ursache ihrer emotionalen Belastung. In dem Wissen, dass ich ihr gerade nicht weiterhelfen kann, verziehe ich mich in den oberen Stock und fühle mich völlig unzulänglich als Ehemann.

Um 21 Uhr klingelt das Telefon. Meine Schwiegermutter ist am Apparat. Es freut mich ihre Stimme zu hören. In ihrer ausgeglichenen Art erzählt sie mir, wie der Abend im Krankenhaus zu Ende gegangen ist. Lion hat mit Max (Name geändert), dem 13jährigen Jungen, mit dem er das Zimmer teilt, angebändelt. Sie haben zusammen Uno gespielt und Lion hat ihm noch ein Gute-Nacht-Lied vorgesungen. Als Oma und Opa sich dann verabschiedet haben, ließ sich Lion ganz unkompliziert ins Bett bringen. Nach dem Telefonat schweifen meine Gedanken zu meinem Sprössling ab. Dankbarkeit erfüllt mein Herz. Dieser introvertierte Junge hat ein starkes Urvertrauen. Schon in seinem jungen Alter zeigt er große Gelassenheit. Wenn Lion jedes Mal einen Aufstand machen würde, wenn man ihn allein im Krankenhaus zurücklässt, würde mich das in meinem noch nicht gefestigten Gemütszustand recht belasten. So darf ich den Tag mit der Gewissheit ausklingen lassen, dass mein Sohnemann gut versorgt ist und sich behütet weiß. Was für eine emotionale Achterbahn ich doch heute durchlebt habe! Ich habe viel geweint und zugleich den Trost und Zuspruch Gottes erfahren. Nachdem die Mädels im Bett sind, sitze ich mit Moni noch mal auf der Wohnzimmercouch. Ihre Stimmung ist weiterhin gedämpft. Obwohl ich Schuld an ihrem innerer Leidensdruck bin, macht sie mir nicht einmal ansatzweise Vorwürfe. Stattdessen erzählt mir sachlich: „Ich habe am Nachmittag die Direktorin meiner Schule telefonisch von dem Ertrinkungsunfall in Kenntnis gesetzt und habe sie gebeten, mich vom Unterricht der Nebenfächer freizustellen." Glücklicherweise hat die Schulleiterin Verständnis gezeigt. In der kommenden Woche soll Moni nur von der zweiten bis zur fünften Stunde unterrichten.

Am Montagmorgen wache ich mit gemischten Gefühlen auf. Meine Gedanken sind sofort bei meinem Versagen vom Tag zuvor. Wie ein Krake will die Scham wieder nach meinen Emotionen greifen. Ich stehe auf und richte das Frühstück. Nacheinander kommen die Mädels und Moni zum Esstisch. Ohne viele Worte kauen wir an unsren Nutellabroten. Ich schaue zu Moni rüber und frage mich, wie sie heute zurechtkommen wird. Ihre dritte Klasse verlangt ihr schon an einem normalen Tag alle Energie ab. Wie wird sie das heute meistern mit der Zusatzbelastung? Mir selber geht es gerade nicht sehr gut, und doch will ich sie gerade heute Morgen segnen. Ich lege meine Hand auf ihre Schulter und bitte Gott, sie mit der nötigen Kraft für den Tag auszustatten und umarme sie zum Abschied. Nachdem auch die Mädels das Haus Richtung Schule verlassen haben, bin ich alleine. Soll ich mich gleich ins Auto setzen, um zu Lion zu fahren? Irgendwie fühle ich mich noch nicht ganz bereit dazu. Ich setze mich auf unser Ecksofa, schlage die Bibel auf und lese einen Psalm. Diese Lieder und Gedichte in der Mitte der Bibel sind mir regelmäßig ein großer Trost. Ohne Umschweife erzählen die Psalmisten immer wieder von ihrer Gefühlslage. Sie sind so ehrlich und zugleich richten sie ihren Blick auf den ewigen Gott. Das will ich heute auch tun. Ich kann wieder klarer denken und freue mich auf den bevorstehenden Tag. Ich raffe mich auf, greife nach dem Autoschlüssel und verlasse das Haus. Die kühle Februarluft tut mir gut. Jetzt bin ich bereit für diesen Tag. Die Vorfreude auf das Wiedersehen mit meinem Sohn lässt meinen Adrenalinspiegel steigen. Mit pochendem Herzen klopfe ich an der Türe zum Krankenzimmer. Ohne auf Antwort zu warten, trete ich ein. Doch mein erster Blick gilt nicht meinem Sohn. In der Mitte des Raums ist ein zusätzliches Bett platziert worden.

Ein großgewachsener Teenager liegt darin und schläft ganz tief. An seiner linken Hand ist eine Kanüle gelegt und neben dem Bett steht ein Infusionsständer mit Kochsalzlösung. Mein Blick wandert zu Lion. An seinem Gesichtsausdruck erkenne ich, dass er schon seit längerem wach sein muss und sich gelangweilt hat. Ohne viel Rücksicht auf den neuen Gast begrüße ich ihn überschwänglich. Wie ich es oft zuhause beim Zubettgehen machte, kitzele ich Lion, bis er sich vor Lachen biegt. Wir freuen uns beide, dass wir die nächsten Stunden gemeinsam verbringen dürfen. Nach ein paar Minuten geht die Türe auf und der Ärztestab betritt den Raum zur Visite. Die inneren Organe Lions werden abgehört und die Ärztin teilt uns mit, dass die Lunge inzwischen frei von Wasser ist und der Regenerationsprozess des Jungen sehr erfreulich verläuft. Weil Lion aber noch eine hohe Dosis Antibiotikum venös verabreicht bekommt, soll er noch bis zum nächsten Tag im Krankenhaus bleiben. Sie wechseln ein paar Worte mit dem halbwachen Teenie und verlassen das Zimmer. Kurze Zeit später betreten die Eltern des Jugendlichen den Raum – und mit ihnen eine eisige Atmosphäre. Sie begrüßen ihren Sohn mit ernster Stimme und strafenden Blicken. Dieser antwortet schwerfällig mit schläfriger Stimme. Jetzt wird mir klar, was vorgefallen sein muss: Der Junge wurde wegen einer Alkoholvergiftung ins Krankenhaus eingeliefert. Die Mutter wirft missmutig eine Tüte Gummibärchen auf den Nachttisch des Jungen, kämpft mit den Tränen und verlässt eilig das Zimmer. Der Vater versucht krampfhaft einen emotionslosen Smalltalk mit seinem ausgebüchsten Sohn in Gang zu bringen, aber die meiste Zeit schweigen sich die beiden an. Es ist eine skurrile Situation. Offensichtlich war dies das erste Mal, dass der Sohn sich ins Koma gesoffen hat. Für seine Eltern bricht gerade eine Welt zusammen. Mein Herz schreit auf: Zeigt dem Jungen doch eure bedingungslose Liebe. Gerade jetzt braucht er das Gefühl von Angenommen-Sein. Das kann ihn davor bewahren, sich in Zukunft volllaufen zu lassen, um seine innere Leere zu kompensieren. Aber ich weiß, dass ich kein Recht habe, in das Leben dieser Unbekannten zu sprechen. Außerdem bin ich mir bewusst, warum wir jeweils hier sind. Sie assoziieren mit diesem Ort das Versagen ihres Sohnes, welcher ihnen Leid zugefügt hat. Ich bin hier mit meinem Sohn, weil ich versagt habe. Vor zwei Tagen stand das Leben meines Sohnes auf Messers Schneide. Ich habe Lion zum zweiten Mal geschenkt bekommen und nun erlebe ich die Beziehung mit ihm viel intensiver. Deshalb löst dieser Ort in mir Glücksgefühle aus. Ich will meinem Jungen die unerträgliche Atmosphäre im Zimmer nicht länger zumuten und bitte ihn seine Schuhe anzuziehen. „Sollen wir in die Kapelle im Erdgeschoss gehen und Gott danken, dass er einen Retter geschickt hat, der dich aus dem Wasser geholt hat?" will ich beim Verlassen des Zimmers von ihm wissen. Lion antwortet auf die ihm typische Weise mit einem Schulterzucken: „Okay, wenn du willst." Wieder wird mir klar, dass der Verarbeitungsprozess bei mir viel komplizierter ist als bei ihm. Während das Geschehene ständig in meiner Erinnerung rumort, scheint er den Vorfall mehr oder weniger abgehakt zu haben, nachdem er sich seinen ganzen Schmerz direkt nach dem Unfall aus der Seele geschrieen hat. Wie faszinierend Kinder doch sind! Ich hole mir die Erlaubnis im Schwesternzimmer, dass wir die Station verlassen dürfen. Dann rennen wir den Gang hinunter zum Treppenhaus. „Ich will Aufzug fahren!" ruft mir Lion zu. In der Kapelle angekommen, will Lion mit mir Fangen spielen. Ich erinnere ihn daran, warum wir hier sind. Ich setze mich in die erste Reihe, nehme meinen Sohn auf den Schoß, umschlinge ihn mit meinen Armen, und drücke laut meinen Dank an Gott aus, dass er mir meinen Sohn wiedergeschenkt hat. Kaum habe ich das Amen gesprochen, löst sich der Junge aus meiner Umklammerung und rennt unbeschwert den Gang Richtung Ausgang.

Als wir zur Kinderstation zurückkehren, sehe ich die Mutter des Teenies mit roten Augen und einem Taschentuch in der Hand vor dem Zimmer. Spontan entscheide ich mich, mit Lion die Zeit in der Sitznische gegenüber vom Schwesternzimmer zu vertreiben. Ich husche nur schnell ins Zimmer, um Lions Lieblingsspiel „Zicke Zacke Hühnerkacke" aus dem Schrank zu holen. Lion besiegt mich wieder einmal und bestätigt eindrucksvoll, dass seine Konzentrationsfähigkeit offensichtlich keinen Schaden erlitten hat. Wir packen das Spiel zusammen und schleichen zurück ins Krankenzimmer. Die verweinte Mutter ist auch da und macht ihrem Mann deutlich, dass sie es hier nicht mehr aushält. Sie bittet eine Krankenschwester, die Kanüle an der Hand ihres Sohnes zu entfernen. Dann verlassen alle drei fluchtartig den Raum. Ich schaue ihnen nach und frage mich, wie sich ihr Familienleben wohl in Zukunft gestalten wird. Wie sehr wünsche ich ihnen, dass auch sie Jesus persönlich kennen lernen, der soviel Halt in schweren Lebenslagen gibt! Eine Krankenschwester kommt, bringt das Mittagessen und entsorgt die unangerührte Tüte Gummibärchen auf dem Nachttisch. Lächelnd beobachte ich Lion, wie er seine Nudeln verdrückt. Ich bin erleichtert, dass in diesem Zimmer Ruhe eingekehrt ist.

Es klopft. Gespannt blicken wir zur Türe. Lion strahlt wie ein Honigkuchenpferd und ruft beglückt: „Maaamaaa!" Moni ist direkt nach der Schule hierher gekommen. Ich beobachte ihr Gesichtszüge und kann ihr abspüren, dass sie weiterhin eine schwere Zeit durchmacht, dabei aber der Niedergeschlagenheit keinen Raum gewährt.

Moni erzählt, wie sie an diesem Vormittag in der Schule immer wieder auf die Uhr schaute, weil sie lieber bei ihrer Familie sein wollte. Zugleich wusste sie, dass die tägliche Routine ihr hilft, mental und emotional nicht „in ein Loch zu fallen". Ohne Details zu erwähnen, setzte sie die Kinder in der Klasse darüber in Kenntnis, warum sie möglicherweise etwas stiller ist. Auch aus dem Kollegium wurde ihr viel Verständnis entgegengebracht.

In aller Kürze berichte ich meiner Frau, dass Lion sich gut regeneriert, aber noch einen Tag im Krankenhaus bleiben soll. Dann mache ich mich zügig auf den Heimweg, damit die Mädels nicht zu lange aufs Mittagessen warten müssen.

An diesem Montagnachmittag greife ich zum Telefonhörer und wähle die Nummer meiner Eltern. Ich erzähle ihnen, was vorgefallen ist und wie es Lion inzwischen geht. Sie reagieren voller Mitgefühl. Als ich auflege, atme ich tief durch. Ich merke, dass ich mir keine Sorgen mehr zu machen brauche und jetzt innerlich frei bin über das Geschehene zu sprechen. Ich schreibe ein Mail an meine Geschwister und an die Verantwortlichen unserer Kirchengemeinde, damit sie von mir persönlich erfahren, was uns zugestoßen ist. Als Antwort erhalte ich prompt ein paar mitfühlende Mails mit der Zusage, dass man für uns als Familie in dieser Situation betet.

Wieder bin ich dankbar für Familie und Freunde, mit denen man Freude und Leid teilen kann. Ich gehe in die Küche, um mir einen Capuccino zu machen. Als ich die Milch aus dem Kühlschrank holen will, bleibt mein Auge an einem kleinen Zettel hängen. Ich lese den Namen „Robert W." und darunter eine Schweizer Telefonnummer. Gestern ist der Arzt aus der Intensivstation kurz in die Kinderstation gekommen. Er erklärte uns, dass Lions Retter der Weitergabe seiner Kontaktdaten zugestimmt hat und händigte mir diesen Zettel aus. Meine Hand zittert und mein Herz pocht, als ich ihn unter dem Magnet wegziehe. Ich weiß, dass es nichts bringt, diesen Anruf auf die lange Bank zu schieben, aber ich fühle mich noch nicht bereit für ein Gespräch. Ich bringe es nicht übers Herz zum Telefonhörer zu greifen, und der Zettel landet wieder am Kühlschrank.

Am Abend fahre ich noch mal mit den beiden Mädchen zum Krankenhaus. Als wir das Zimmer betreten, sehen wir wie Lion mit Max „Uno extrem" spielt.
Freudig begrüßt uns Lion, ist jedoch so sehr auf das Spiel konzentriert, dass er nicht mal den Kopf hebt. Ich muss lächeln. Gut, dass die beiden trotz des großen Altersunterschieds gut miteinander klar kommen. Am Bett des Zimmernachbarn läuft der Fernseher. Überraschend ist Deutschland ins Handball-EM-Finale gekommen und spielt nun gegen den haushohen Favoriten Spanien. Gerade weil meine Kinder im Ausland aufgewachsen sind, identifizieren sie sich mit ihrem Heimatland umso mehr. Eigentlich haben sie sich nie richtig für Handball interessiert, doch die Begeisterung, dass Deutschland gerade in Führung liegt, lässt sie vor Freude jubeln und klatschen. Eigentlich möchte ich schon längst nach Hause, will aber meinen Kindern (und mir selber?) nicht die Freude an diesem packenden Finale nehmen. Jetzt erleben wir die Sensation, dass Deutschland haushoch mit 24:17 gewinnt und den EM-Titel holt.
Es ist inzwischen acht Uhr. Wir bringen Lion schnell ins Bett,

beten mit ihm, dass Gottes Friede ihn auch in dieser Nacht begleiten möge und machen uns auf den Heimweg. Zuhause krame ich schnell Brot, Wurst und Käse aus dem Kühlschrank und halte die Mädchen an, schnell zu essen, damit sie am nächsten Tag nicht mit schlaftrunkenen Augen in die Schule gehen. Ich fühle mich zwar ein bisschen gehetzt, aber es geht mir gut an diesem Abend. Ich gewinne immer mehr Abstand zu den Erlebnissen von vorgestern. Zwar kommen die dramatischen Szenen aus dem Schwimmbad immer wieder in meiner Erinnerung hoch, aber der schmerzhafte Stachel der Scham durchbohrt meine Seele nicht mehr so stark. Ich genieße es, am Abend noch eine Tasse Roibusch-Tee auf dem Sofa mit Moni zu trinken und ein wenig über den Tag zu plaudern. Sie ist zwar noch nicht so lebenslustig wie sonst, es geht ihr aber schon wesentlich besser als am Tag zuvor. Es lässt sich nicht mit menschlicher Logik erklären, aber ich erlebe eine neue Tiefe in meiner Beziehung mit Moni. Meine Frau malt mir das Wesen der Gnade vor Augen. Wenn sie als Schutzmechanismus ihres Herzens Abstand wahren und mich meiden würde, könnte ich es ihr nicht übel nehmen. Stattdessen begegnet sie mir mit großer Wertschätzung. Das habe ich nicht verdient. Gott hat nicht nur meinen Sohn dem Tod entrissen, auch in unseren Herzen bewirkt er eine ganzheitliche Wiederherstellung. Wiederholt habe ich in der Vergangenheit andere ermutigt, Gottes Hand in allen Lebensumständen zu erkennen, gemäß der biblischen Wahrheit: „Wer Gott liebt, dem dient alles, was geschieht, zum Guten." (Römer 8,28). Nun darf ich erleben, dass Gottes Wort alltagstauglich ist. Spürbar darf ich Gottes umfassenden Plan mit unserer Familie erleben. Nichts Negatives soll von dieser Erfahrung zurück bleiben.

Mit einem dankbaren Gefühl gehe ich ins Bett und schlafe schnell ein.

Am Dienstagmorgen klingelt der Wecker um 6.15 Uhr. Halbwegs ausgeschlafen stehe ich schnell auf und bereite das Frühstück vor. Nachdem Moni und die Mädels das Haus verlassen haben, setze ich mich ins Auto. Heute will ich früher im Krankenhaus ankommen, da Lion ja wahrscheinlich entlassen wird. Ich habe die Fahrten zum Krankenhaus genossen, freue mich aber darauf, wenn wieder Normalität in unser Familienleben einkehrt. Heute ist der Krankenhausparkplatz voll. Es bleibt mir nichts anderes übrig, als das Parkhaus beim Rathaus anzusteuern. Um keine weitere Zeit zu verlieren, hetze ich die Straßen entlang zum Krankenhaus. Der leere Ziehkoffer, den ich hinter mir her schleife, rumpelt lautstark über den Gehweg. Im Krankenzimmer angekommen begrüßt mich Max freudestrahlend: „Heute darf ich heim!" Mein Sohn piepst: „Ich auch!" Ich schaue ihn an und antworte: „Langsam junger Mann, wir müssen erst warten, was die Ärzte sagen!" Eigentlich gehe ich auch davon aus, will die Euphorie aber sicherheitshalber ein bisschen dämpfen. Der kleine Junge hat die kurze Zeit im Krankenhaus ja sichtlich genossen. Bei seinem Zimmerkollegen ist das anders. Während der drei Wochen seines Aufenthalts hier hat er jeden Tag auf diesem Moment hin gefiebert. Endlich kommt das Ärzteteam zur Visite. Die Mediziner erklären uns, dass der Junge sich ja gut erholt habe, aber eine Krankenschwester bei einer Routineuntersuchung möglicherweise Unregelmäßigkeiten bei den Herztönen wahrnahm. Um 11 Uhr könnten wir im Erdgeschoss einen Ultraschall machen lassen, um dies zu überprüfen. Sollten dabei keine Auffälligkeiten am Herzen sichtbar sein, dürfte Lion heute nach Hause. Nun wendet sich die Gruppe dem Zimmerkollegen zu. Der Chefarzt erklärt ohne Umschweife, dass die Körpertemperatur bei Max heute Morgen höher war als erwünscht und er nochmals zwei Tage im Krankenhaus bleiben müsse. Der Junge kann es nicht glauben und fängt an zu weinen. Ich empfinde Mitleid für den sympathischen Teenager, der dazu beigetragen hat, dass der Krankenhausaufenthalt meines Sohnes so abwechslungs-reich war.

Ich krame Lions Kleider, Spielsachen und Bücher, die inzwi-schen im ganzen Zimmer verteilt sind, zusammen und packe sie in den Koffer. Irgendwie ist die Luft raus und die Zeit verstreicht heute viel zu langsam. Endlich ist es 10.50 Uhr und ich kann mit Lion zur Kinderambulanz gehen. Lion darf sich auf die Bahre legen. Als das Gel auf seine nackte Brust aufgetragen wird, zuckt er zusammen und ruft: „Das ist aber kalt!" Der Kleine muss sich sehr zusammenreißen, um nicht loszulachen als der Chefarzt mit dem Sensor über seine Brust fährt und es ihn mächtig kitzelt. Mit einem Zwinkern im Auge erkläre ich ihm, dass wir ihn mit so einem Gerät das aller-erste Mal gesehen haben, als er noch im Bauch seiner Mama gewesen ist. Angespannt blickt der Arzt auf den Bildschirm. Dann gibt er Entwarnung. Die Funktion des Herzens ist in Ordnung. Ich bin ein bisschen erleichtert, aber nicht überrascht über dieses Ergebnis. Während wir die Treppe hochsteigen, sage ich zu Lion: „Jetzt packen wir die restlichen Sachen zusammen und dann geht's ab nach Hause!" Bevor wir in Lions Zimmer zurücklaufen, gebe ich im Schwesternzimmer Bescheid, dass wir jetzt aufbrechen wollen. Die Antwort, die ich bekomme, ernüchtert mich. Wir müssten noch auf die zuständige Ärztin warten, damit sie uns den Abschlussbericht mitgeben könne. Aber die sei gerade in der Mittagspause. Mit hängendem Kopf schlurfe ich zum Krankenzimmer. Dort laufe ich ungeduldig auf und ab und schaue immer wieder auf die Uhr. Ich laufe raus zum Gang, aber die Ärztin ist nicht zu sehen. Unmut steigt in mir auf. Meine Logik sagt, dass Warten dazu gehört. Schließlich sind Ärzte keine Maschinen und Lion ist nicht der einzige Patient. Doch meine Emotionen wollen diese Realität nicht wahrhaben. Ich will endlich meinen Sohn mit nach Hause nehmen. Da fällt mein Blick auf Max, der in seinem Bett mit dem iPad spielt. Er hat sich inzwischen beruhigt, aber glücklich ist er immer noch nicht. Dagegen wirkt meine Gefühlslage geradezu lächerlich.

Nach 45 Minuten kommt endlich die Ärztin. Ich erwarte, dass sie mir einen Brief mit dem Abschlussbefund in die Hand drückt und uns verabschiedet. Stattdessen bittet sie mich, ihr ohne Lion zu folgen. Sie schließt die Türe im Ärztezimmer auf der anderen Seite des Gangs auf und bietet mir einen Stuhl an. Jetzt eröffnet sie mir: „Beim EEG, das am Sonntag gemacht worden ist, wurde eine Unregelmäßigkeit entdeckt: „Hat Lion als Kind unter Fieberkrämpfen gelitten?" Ich überlege kurz: „Soweit ich mich erinnern kann, hatte Lion als Kleinkind hin und wieder Fieber gehabt, aber von Fieberkrämpfen weiß ich nichts." Sie erklärt: „Man kann gerade noch nicht sagen, wie schwerwiegend es ist. Es könnte das Anzeichen für den Anfang eines Gehirntumors sein, möglicherweise hat es jedoch keinerlei Auswirkungen auf die weitere Entwicklung des Jungen." Die Ärztin empfiehlt, wir sollten im kommenden Monat noch mal ein EEG und ein MRT machen lassen. In der Zwischenzeit solle Lion nicht alleine Fahrrad fahren, denn es bestehe die Gefahr eines plötzlichen epileptischen Anfalls. Abschließend erklärt sie mir, dass es sich hier wahrscheinlich um einen Zufallsbefund handle. Man könne also nicht sagen, ob das EEG-Ergebnis mit dem Vorfall vom Wochenende zu tun habe. Ich hake nach: „Kann man sicher ausschließen, dass dieser Befund eine Auswirkung des Ertrinkungsunfalls ist?" Die Ärztin schüttelt den Kopf und erklärt, dass man dies nicht ausschließen könne.

Diese Diagnose ist ein weiterer Dämpfer. Ich hatte gehofft, mit einem völlig gesunden Jungen das Krankenhaus verlassen zu können. Wieder wollen Schuldgefühle in mir aufsteigen. Wie wird Moni reagieren, wenn sie vom Befund des EEGs erfährt? Ernüchtert gehe ich ins Krankenzimmer zurück, greife nach dem Koffer und verabschiede mich mit einem gequälten Lächeln von Max. In der Kinderambulanz lasse ich mir einen Termin für das EEG am 9. März geben. Lion zuliebe versuche ich mir nicht anmerken zu lassen, dass mein Herz weint. Ich hatte mir so sehr gewünscht, mit dem Verlassen des Kranken-hauses dieses emotionsbeladene Kapitel des schrecklichen Unfalls abschließen zu können. Doch nun sitze ich im Auto mit der Erkenntnis, dass das Ganze noch ein Nachspiel haben wird. Zuhause angekommen nehme ich Moni zur Seite und weihe sie in das Ergebnis des Befunds ein. Ich betone, dass es wahrscheinlich ein Zufallsbefund ist. Doch während ich diese Worte ausspreche, klagen mich meine Gedanken unüber-hörbar an: „Und wenn der Ertrinkungsunfall doch der Grund für das Ergebnis dieses EEGs ist? Dann bist du schuld, dass Lion sein Leben lang mental geschädigt ist!" Moni reagiert sehr souverän: „Lasst uns abwarten. Diese Sache soll uns keine Angst einflössen. Lions Leben ist in Gottes Hand."

Natürlich will ich den Rat der Ärztin befolgen und Lion beobachten, ob er irgendwelche auffälligen Verhaltens-muster zeigt. Aber wenn ich jetzt den Sorgen Raum gebe, mache ich mir nur unnötig das Leben schwer. Der EEG Termin ist in fünf Wochen und dann werden wir hoffentlich etwas mehr Klarheit haben.

So langsam hellt sich meine Stimmung wieder auf an diesem Nachmittag. Ich rufe mir in Erinnerung, dass ich mir selbst vergeben habe und dass Gottes Liebe und Annahme mein zerschundenes Herz wiederhergestellt hat. Diesen Frieden will ich mir nicht rauben lassen.

Auf der Straße treffe ich unsere Nachbarn, die am Rande mitgekommen haben, dass etwas Schlimmes bei uns passiert ist. Ich nehme mir Zeit, ihnen den Vorfall zu schildern. Auch etlichen Freunden und Bekannten erzähle ich die Geschichte. Es ist mir nicht mehr wichtig, was die Leute über mich denken. Vielmehr ist es mir ein Anliegen, davon zu berichten, wie Gott eingegriffen hat, um das Leben meines Sohnes zu retten.

Überall wird mir Verständnis und Wohlwollen entgegengebracht. Etliche erzählen mir, dass ihr Kleinkind auch schon in einen See oder ein Schwimmbecken gefallen ist und wie ihnen als Eltern der Schrecken in die Knochen gefahren war. Allerdings war keines dieser Kinder minutenlang unter Wasser, wie es bei Lion der Fall gewesen ist. Meine Geschichte zu erzählen und die Reaktion der Bekannten zu erleben ist eine befreiende Erfahrung. Mir wird deutlich: Ich darf zu meinen Schwächen stehen und bin doch angenommen.

## DIE BEGEGNUNG MIT DEM RETTER

An diesem Abend meint Moni lächelnd: „Unser Lion hat zwei Retter: Jesus, der ihn vom geistlichen Tod und Robert, der ihn vom physischen Tod bewahrt hat."

Letzterer bereitet mir noch Unbehagen. Wäre ich meiner Pflicht nachgekommen, wäre er nur ein ganz normaler Badegast gewesen, den ich unter den vielen Menschen im Schwimmbad gar nicht wahrgenommen hätte. Doch nun ist er der Retter meines Sohnes. Er ist sozusagen die Personifikation meines Versagens. Wieder schießt mir der Gedanke durch den Kopf: „Was denkt Robert von mir?" Dem folgt eine zweite Überlegung: „Wieso ist es dir überhaupt wichtig, was ein fremder Mensch von dir denkt. Eigentlich könnte es dir ja egal sein!" Robert versinnbildlicht das Stimmungsbarometer meiner Seele. So viel Friede auch in mein Herz eingekehrt ist, so muss ich mir eingestehen, dass sich noch ein gewisses Maß an Scham an meine Seele klammert. Ich weiß, dass ich sie nur los werde, wenn ich mich der Kontaktaufnahme nicht länger verweigere. Mit zitternden Händen hole ich den Zettel mit der Schweizer Telefonnummer und greife zum Telefon. Mein Herz schlägt wild, ich spüre meinen Puls am Hals. Ich wähle die Nummer und denke: „Hoffentlich hebt niemand ab!" Nach ein paar Mal Tuten meldet sich eine Männerstimme. Ich hole tief Luft. An unser Gespräch im Schwimmbad, das ich im Schockzustand geführt habe, kann ich mich kaum noch erinnern. Aufgrund der ausländischen Nummer erwarte ich einen Schweizer Akzent zu hören. Stattdessen antwortet mir Robert in reinem Hochdeutsch. Er ist ein Landsmann, der im Nachbarland wohnt und dort in der Pharmaindustrie tätig ist. Ich stelle mich als der Vater des Jungen vor, den er aus dem

Wasser gezogen hat. Ich nehme an, dass Robert längst auf diesen Anruf gewartet hat, schließlich weiß er ja, dass seine Telefonnummer an uns weitergeleitet worden ist. Während des Telefonats verfliegt meine Beklommenheit allmählich. Keiner von Roberts Bekanntenkreis hat mitbekommen, was sich an diesem Samstagabend ereignet hat. Deshalb hat sich Robert bisher nur mit seiner Freundin über diese dramatische Erfahrung ausgetauscht. Er erzählt mir, dass er erst vor einem Jahr von seiner Arbeit einen Erste-Hilfe-Kurs machen musste, aber nie damit rechnete, so plötzlich das Gelernte anwenden zu müssen. Er beschreibt mir, wie stressig es war, mit dem leblosen Körper im Arm sich fieberhaft daran zu erinnern, welche Maßnahme jetzt dran ist.

Während er erzählt wird mir bewusst, dass die meisten Menschen, mich eingeschlossen, in diesem Moment höchster Anspannung überfordert gewesen wären und nicht gewusst hätten, was zu tun ist, während wertvolle Sekunden verstreichen, die über Leben und Tod entscheiden.

Jetzt erst verstehe ich, wie belastend diese Erfahrung für Robert war und immer noch ist. So unangenehm es für mich ist, es tut uns beiden gut, noch mal das Geschehene Revue passieren zu lassen. Welchem Stress musste Robert ausgesetzt gewesen sein, als nach der ersten Wiederbeatmung keine Reaktion zu sehen war? Ich höre ihm gespannt zu. Als Robert fertig erzählt hat, drücke ich meinen Wunsch aus, ihn zusammen mit Lion zu treffen. Robert teilt mir mit, dass seine Freundin Barbara bei diesem Treffen dabei sein solle. Sie war nämlich die Person, die Lion unter Wasser entdeckt hatte. Deshalb habe diese Sache auch sie sehr mitgenommen. Zum ersten Mal höre ich, dass eine zweite Person bei der Rettung meines Sohnes beteiligt war. Robert schlägt vor, dass sie uns in Höllstein besuchen. Dann könne sich Lion in sein Zimmer zurückziehen und seinen Spielsachen zuwenden, während wir uns unterhielten. Ich zögere. Eigentlich stehe ich in ihrer Schuld, und deshalb ist es an mir sie aufzusuchen. Ich kann doch nicht von ihnen erwarten, dass sie den Weg auf sich nehmen und zu uns kommen. Weil ich unschlüssig bin, verbleiben wir, dass wir in ein paar Tagen noch mal telefonieren werden. Ich lege den Hörer auf die Basisstation und lasse die Gefühle sacken. Ich schäme mich, dass ich davon ausgegangen bin, dass Robert ja glücklich sein müsste, ein Kinderleben gerettet zu haben. Es war mir nicht bewusst, welch großer psychischen Belastung er ausgesetzt gewesen war. Ich mache mir Vorwürfe, dass ich nicht früher den Mut aufbrachte ihn anzurufen. Ich lasse mir das Angebot Roberts durch den Kopf gehen. Ich habe das alles doch vermasselt. Dieser Gang nach Canossa ist doch meine Pflicht! Es scheint mir falsch zu sein, wenn Robert und Barbara zu uns kommen. Gleichzeitig muss ich anerkennen, dass Robert bei seiner Überlegung viel Fingerspitzengefühl beweist. Bei uns zuhause wäre die Begegnung gerade für Lion entspannter. Am Donnerstag rufe ich Robert an und wir vereinbaren, dass sie am Samstagnachmittag – genau eine Woche nach dem schicksalsträchtigen Ereignis – zu Besuch kommen.

Am Samstagmorgen bin ich recht aufgewühlt. Einerseits weiß ich, dass die anstehende Begegnung ein weiterer wichtiger Schritt in der Aufarbeitung des Geschehenen ist, andererseits habe ich ein mulmiges Gefühl bei dem Gedanken, den Vorfall wieder besprechen zu müssen.

Um 15.30 Uhr klingelt es an der Haustüre. Robert und Barbara treten ein. Ich gebe ihnen die Hand, während Moni die Unbekannten in ihrer warmherzigen Art gleich umarmt.

Noch fühle ich mich etwas beklommen. Wir setzen uns auf unser Ecksofa im Wohnzimmer und rufen Lion um die beiden zu begrüßen. Schüchtern geht er auf sie zu. Sie haben ein Geschenk dabei. Lion darf es auspacken und freut sich über eine Lego-Packung. Nachdem wir uns warm geplaudert haben, erzählen sie uns ihren Teil unserer gemeinsamen Geschichte und zum ersten Mal höre ich die Details der Rettungsaktion. Robert schildert, wie er nach dem kleinen Körper griff, nachdem Barbara ihn auf das Kind unter Wasser aufmerksam gemacht hatte. Er berichtet, wie er den leblosen Körper aus dem Wasser hievte, sich unter den Arm klemmte und in den Innenbereich der Schwimmhalle trug. Er beschreibt welche Wiederbelebungsmaßnahmen er anwandte und wie hilfreich der kürzlich absolvierte Erste-Hilfe-Kurs war. Robert verschweigt auch nicht, welchem Stress er ausgesetzt war, als er die Verantwortung über Leben und Tod auf sich spürte. Er schildert, wie nach den ersten Beatmungsversuchen keine Reaktion zu sehen war und wie der Junge dann endlich Wasser und Blut spuckte und zu sich kam. Robert hatte mir ja schon einiges am Telefon erzählt. Doch jetzt bekomme ich ein kompletteres Bild des Geschehens. Ich muss das Gehörte erst einmal verdauen. Mein Kopf brummt. „Was wäre passiert, wenn Robert und Barbara wie zunächst geplant ins Kino gegangen wären? Wenn sie am Anfang ihrer Badezeit auf ein anderes Becken zugesteuert wären? Wenn Robert keinen Erste-Hilfe-Kurs gemacht hätte? Wenn sie Lion nur ein paar Minuten später entdeckt hätten? Bewegt blicke ich auf meinen Sohn, der still zuhört und sich auf dem Sofa eng an seine Mama schmiegt. Wie nie zuvor wird mir bewusst, dass nur ein Zusammenspiel mehrerer „Zufälle" dazu geführt hat, dass mein geliebter Sohn noch am Leben ist. Zugleich ist mir klar, dass Robert und Barbara nur scheinbar zufällig am Nachmittag ihre Meinung geändert haben, als sie sich entschieden ins Laguna zu gehen. Es ist meine tiefste Überzeugung, dass der souveräne himmlische Vater ganz heimlich schon zu diesem Zeitpunkt die Rettungsaktion für Lion eingefädelt hat. Ihm ist die Situation nie aus den Händen geglitten!

Ich richte meine Aufmerksamkeit wieder auf unsere Gäste, die erzählen, wie es ihnen nach diesem Erlebnis ging. Der Bademeister realisierte, dass sie einen Ort zum Erholen brauchten und bot ihnen an, sich im Sauna Park zu entspannen. Zum Glück war dort eine mitfühlende Angestellte, die ihnen Bademäntel gab und Tee anbot. So konnte sich ihr Puls normalisieren. Weil die Stimmung im Keller war und ihnen nicht mehr nach Spaß im Badeland zumute war, gingen sie nach Hause. In dieser Nacht schlief Robert kaum. Ständig hatte er das Bild des kleinen Jungen vor Augen, der nach der Wiederbelebung diesen unheimlich zischenden Laut von mit Wasser vermischter Luft von sich gibt. Den folgenden Tag verbrachten die beiden damit, immer wieder über das Erlebte zu sprechen. Irgendwie mussten sie mit der psychischen Belastung fertig werden. Die ganze Woche erzählten sie niemand anderem davon. Zu tief war dieses Erlebnis, als dass sie locker mit Bekannten darüber hätten reden können. Barbara verrät uns, dass sie mit Schuldgefühlen zu kämpfen habe, weil sie im Glauben, dass da ein Junge absichtlich auf Tauchstation ist, nicht sofort gehandelt hat. Es ist nicht leicht, dieses dramatische Ereignis noch einmal Revue passieren zu lassen. Wie benommen sitzen wir da. Moni unterbricht die Stille: „Barbara, du brauchst dir überhaupt keine Vorwürfe zu machen. Du wusstest ja nicht, dass Lion nicht schwimmen kann!" „Und wenn du ihn nicht gesehen hättest, wäre er heute möglicherweise nicht mehr am Leben!", füge ich hinzu. Lion ist das Ganze etwas unangenehm und er weiß nicht, wie er sich verhalten soll. Bald verzieht er sich in sein Zimmer, aber es tut gut, dass die beiden einen gesunden Jungen zu Gesicht bekommen haben. Moni ermutigt die beiden das Erlebte weiterzuerzählen. Sie haben ein Menschenleben gerettet und das ist eine gute Geschichte. Während wir uns austauschen, müssen wir immer wieder Tränen der Dankbarkeit und der Erleichterung wegwischen.

Bei der Verabschiedung umarmen wir einander und Lion schenkt seinen Rettern einen selbstgemachten Pompon, den sich Barbara als Erinnerung ans Fenster des Beifahrersitzes klebt. Nachdem die beiden unser Haus verlassen haben, sehen Moni und ich uns an und mit einem Seufzer der Erleichterung stellen wir gleichzeitig fest: „Das war für beide Seiten eine total wichtige Begegnung."

Nachdem die Kinder im Bett sind, sitze ich an diesem Samstagabend alleine auf dem Wohnzimmersofa. Vor einer Woche bin ich im Schockzustand mit zerzaustem Haar und verweintem Gesicht an dem gleichen Platz gesessen. Hinter mir liegt die schrecklichste und zugleich wundersamste Woche meines Lebens. Nie zuvor waren meine Emotionen einer so rasanten Achterbahnfahrt ausgeliefert gewesen. Die Erinnerung an die Szenen im Schwimmbad, als ich den brüllenden Jungen in meinem Arm hielt, wird mich wohl mein lang Leben begleiten. Ich rufe mir ins Gedächtnis, wie ich fröstelnd im Krankenwagen stand und den geschwächten Körper meines Sohnes auf der Bahre sah, wie ich von Scham überwältigt meiner Frau vor dem Krankenhaus begegnete und mit ihr zur Intensivstation lief; dann das Skype-Gespräch mit meinem holländischen Freund, die vielen Tränen und der Versuch dem inneren Schmerz aus dem Weg zu gehen. Mir wird wieder das Reden Gottes in meinem Herzen präsent, das mir half die Scham zu überwinden und mich nicht darum zu sorgen, was andere Menschen von mir denken.

Ich reflektiere all die Telefonanrufe und Gespräche, die ich mit Familienangehörigen und Bekannten geführt habe und natürlich auch die heutige Begegnung mit Robert und Barbara. Dabei wird mir bewusst: Je schwerer es mir im Vorfeld gefallen ist, mich einer Herausforderung zu stellen, desto stärker war im Nachhinein die Gesundung meiner Seele. Ich war kein Held im Verarbeitungsprozess. Familie und Freunde begegneten mir mit Wohlwollen. Dies half, mich nicht zurückzuziehen. Sonst hätte ich das Trauma meines Versagens wahrscheinlich nicht so schnell überwunden. Stattdessen sitze ich nun hier und mein Herz ist ruhig. Ich bin versöhnt mit Gott und der Welt – und mit mir selbst.

Ja, das Geschehene hat sich tief in mein Gedächtnis eingegraben. Aber kein Schmerz ist mehr damit verbunden, nur Dankbarkeit.

Nie hätte ich gedacht, dass ich nach nur einer Woche wieder so aufgestellt sein könnte. Mir kommt die Bibelstelle aus Jesaja 61,1 in den Sinn, in der Jesu Dienst beschrieben wird:

Der Herr hat mich gesandt, um die zu heilen, die ein gebrochenes Herz haben.

Diese heilende Kraft habe ich an meinem eigenen Herzen erleben dürfen. Mit dem Gefühl von Geborgenheit gehe ich an diesem Abend zu Bett.

## DER WEG ZURÜCK ZUR NORMALITÄT

Eine neue Woche beginnt. Auch bei Moni tritt der schmerzliche Verarbeitungsprozess in den Hintergrund und zurück bleibt das dankbare Wissen, dass ihr Lion erneut geschenkt worden ist. Auch sie darf zuversichtlich nach vorne schauen. Inzwischen ist sie soweit gefestigt, dass sie wieder zu einhundert Prozent arbeiten kann. Ihre Kolleginnen drückten in der vergangenen Woche ihre Verwunderung darüber aus, dass sie es schaffte, gleich nach dem Unfall wieder ihrer Arbeit als Lehrerin nachzugehen. Sie legten uns nahe, zusammen mit Lion psychologische Betreuung in Anspruch zu nehmen.

Dies war ein guter und nachvollziehbarer Rat. Zugleich wissen wir, dass wir durch den Glauben einen direkten Zugang zu Jesus, dem „Hirten unserer Seelen" haben. Er hat uns durch diese schwere Zeit getragen und uns beim Verarbeitungsprozess geholfen.

Nach all dem Trubel der vergangenen Woche darf langsam wieder Routine in unseren Alltag einkehren. Lion lasse ich an diesem Tag ausschlafen. Er soll einen gemütlichen Vormittag zuhause verbringen, wenn er das möchte.

Die Sonne strahlt durch die Fensterfront und erwärmt das Wohnzimmer. Ich gönne mir eine Tasse Tee, bevor sich Lion in ein paar Minuten rührt. Schön, dass der Winter zu Ende geht. Auch ich darf langsam meine Reise des inneren Heilwerdens abschließen. Aber abhaken kann ich die ganze Geschichte noch nicht. Zwei Dinge stehen noch im Raum. Neben der noch ausstehenden Klärung über den Zustand von Lions Gehirn beunruhigt mich noch eine andere Frage...

Meine Überlegungen werden durch ein lautes Gähnen unterbrochen. Weil Lion beim Aufwachen so süß ist, öffne ich leise die Türe zum Kinderzimmer. Mit verschlafenen Augen blinzelt er mich an. Mein Vaterherz schmilzt dahin. Mein Sohnemann ist so ausgeglichen und fröhlich wie eh und je. Äußerlich gesehen scheint er wieder ganz der Alte zu sein. Aber ist er das wirklich? Wie wird er sich verhalten, wenn er eines Tages am Rande eines Schwimmbeckens stehen wird? Wird ihn die angstvolle Erinnerung der traumatischen Erfahrung überwältigen? Wird er sich dann stur weigern, ins Wasser zu gehen? Wird er möglicherweise nie schwimmen lernen?

Lion zieht sich an und setzt sich trällernd an den Esstisch. Während er genüsslich an seinem Honigbrot kaut, frage ich ihn: „Willst du heute zuhause bleiben oder in den Kindergarten gehen?" „Kindergarten!" ruft er. Diese Antwort freut mich. Lion putzt sich die Zähne, zieht sich den Helm an und fährt mit seinem Kinderfahrrad los. Der Kindergarten ist nur einen Häuserblock entfernt und normalerweise lasse ich ihn vorausfahren, während ich langsam hinterherlaufe. Doch dieses Mal jogge ich neben dem Jungen her. In meinen Gedanken hallen die warnenden Worte der Ärztin: „Nicht alleine Fahrrad fahren lassen. Er könnte einen plötzlichen epileptischen Anfall bekommen!" Die Erzieherinnen habe ich in der vergangenen Woche kurz informiert, was mit Lion passiert war. Jetzt sind sie erleichtert, den ruhigen und zugleich putzmunteren Jungen wieder in ihrer Mitte zu haben. Auch die anderen Kinder in der Regenbogengruppe begrüßen Lion überschwänglich.

In unserer Kirchengemeinde, der FCG Lörrach gibt es ein Gebetsteam. Nach dem Gottesdienst kann man neben dem Podium für persönliche Anliegen beten lassen. Moni und ich erklären Lion, dass wir mit ihm nach vorne gehen und dieses

Angebot gerne in Anspruch nehmen, damit keine Angst in seinem Herzen von dem Unfall zurückbleibt. Lion scheint zwar nicht ganz zu verstehen, wozu das nötig ist, aber er vertraut uns und geht mit. Eine Mitarbeiterin aus der Gemeinde kniet sich vor Lion, um mit ihm auf Augenhöhe zu sein und betet, dass das Erlebnis im Schwimmbad keine negativen Spuren in seinem Herzen zurücklässt.

Aus eigener Erfahrung weiß ich: Gott hat die Fähigkeit, jedes negative Gefühl, das aus dem Vorfall resultiert wegzunehmen. Zugleich ist mein Gottvertrauen herausgefordert. Drei Wochen sind seit dem Ertrinkungsunfall vergangen. Vor einigen Tagen brachten wir die Idee eines Schwimmkurses ins Gespräch. Lion erwiderte, dass er solch einen Kurs nicht belegen möchte, weil er ja schon einmal untergegangen ist. Ich zögere. Der Unfall hat deutlich gemacht, wie wichtig es ist, dass Lion schwimmen lernt. Aber was würde es nützen, ihn zu einem Schwimmkurs anzumelden, wenn er sich weigern würde ins Wasser zu steigen?

Ich will fest daran glauben, dass das Gebet etwas in Lions Herzen bewirkt hat, auch wenn sein Verhalten momentan keine ermutigenden Signale in diese Richtung sendet.

Die Mutter eines befreundeten Mädchens aus Lions Kindergartengruppe empfiehlt mir einen Schwimmlehrer aus dem benachbarten Maulburg. Ich bringe in Erfahrung, dass er Ende April einen Schwimmkurs für Vorschulkinder anbietet. Es wird also noch ein paar Wochen dauern. Zuerst gilt es aber, der Frage nachzugehen, ob Lions Gehirn in Ordnung ist.

Am 9.3. fahre ich mit Lion zum Krankenhaus. In den vergangenen sechs Wochen verschwendete ich nicht viele Gedanken daran, ob Lions mentale Fähigkeiten gefährdet sind oder nicht. Doch jetzt, wo ich am Steuer unseres alten Sharans sitze, hallen die Worte der Ärztin in meinen Ohren. „Möglicherweise ist es ein Tumor. Es besteht die Gefahr, dass Lion epileptische Anfälle bekommt. Man kann aber auch nicht ausschließen, dass die Auffälligkeiten im EEG Auswirkungen des Ertrinkungsunfalls sind." Sorge und Angst wollen sich wie eine unsichtbare Decke über mich legen. Ich versuche, auf andere Gedanken zu kommen und eine Unterhaltung mit dem Jungen auf der Rückbank in Gang zu bringen. Doch der schaut aus dem Fenster und ist nicht allzu gesprächig. Lion kennt ja die Hintergründe nicht, warum wir wieder ein EEG machen, und so versuche ich so gut es geht, locker zu wirken.

Nach wenigen Minuten im Wartezimmer wird Lion aufgerufen und wir folgen der Krankenschwester ins EEG-Labor. Lion kennt die Prozedur schon und lässt sich gelassen das Gel in die Haare schmieren und die Elektroden am Kopf anbringen. Anstandslos befolgt er für 20 Minuten die Anweisungen der Krankenschwester: „Schließe die Augen! Mach sie wieder auf! Atme drei Minuten lang tief ein!" Als bei Lion die Kabel abgenommen werden, betrachte ich die verklebten Haare und meine lächelnd: „Heute Abend kommst du in die Badewanne!" Bis das EEG ausgewertet wird, müssen wir nochmals im Wartesaal Platz nehmen. Während Lion neben mir langsam zappelig wird, schießen mir alle möglichen Gedanken durch den Kopf. In wenigen Minuten werden wir hoffentlich mehr wissen, was es mit den Auffälligkeiten beim ersten EEG auf sich hatte. Ich bin angespannt. Zugleich rufe ich mir in Erinnerung, dass das Leben meines Sohnes in Gottes Hand ist. „Lion Reichert!" schallt es durch die Wartehalle. Ich gebe meinem Sohn einen Stups: „Auf geht's, jetzt sind wir dran!" Die Krankenschwester zeigt uns den Weg zum Sprechzimmer des Kinderneurologen. Wir treten ein, und ich halte die Luft an. Vor mir steht ein Zwei-Meter-Hüne, der uns mit tiefer Stimme begrüßt. Sein harter Akzent verrät, dass er gebürtig aus Osteuropa ist. Ich frage mich, ob Lion von dieser Gestalt eingeschüchtert sein wird. Doch meine Sorgen verfliegen sehr schnell. Der Riese ist sympathisch und gesprächig. Er stellt Lion ein paar Fragen über seine Geschwister. Dieser antwortet mit seiner typisch leisen Stimme, wenn er mit Fremden spricht. Aber ich erkenne an seiner Körpersprache, dass er ganz entspannt ist. Nun wendet sich der Arzt dem Bildschirm zu. Konzentriert schaut er auf das Resultat des EEGs und scrollt das nicht enden wollende Bild nach links. Die Hirnstromkurven bestehen aus tausenden von Zacken entlang mehrerer Linien. Ich wundere mich, wie man daraus Schlüsse über die Funktion des Gehirns ableiten kann. Nach einigen Minuten wendet sich der Arzt uns zu. Mein Herz klopft. Angespannt schaue ich auf seine Lippen. „Ich kann auf diesem EEG keine Auffälligkeiten finden. Kommt in drei Monaten wieder für ein weiteres EEG."

Ich hake nach: „Wann wird denn das MRT gemacht?" „Ich kann es verantworten, dass momentan kein MRT gemacht wird.", erhalte ich als Antwort. Ich bin erleichtert über diese vorläufige Entwarnung.

In mir wächst ein Wunsch, der zugleich ein mulmiges Gefühl weckt: Ich will unbedingt mit meinem Sohn noch einmal zurück an den Ort des Unglücks. Es soll uns zur vertieften Verarbeitung des Geschehenen dienen und gleichzeitig ein Test sein, ob sich Lion wieder ins Wasser traut. Beiläufig erwähne ich Lion gegenüber die Idee, dass nur wir beide ins Badeland Laguna gehen könnten und beobachte ihn prüfend. Wie wird er auf diesen Vorschlag reagieren? Wird er sich quer stellen und klar machen, dass Schwimmbad für ihn passee ist und Laguna schon gar nicht geht? Stattdessen zuckt der Junge mit den Achseln und antwortet in seiner trockenen Art: „Wenn du es willst." Etwa eine Woche später setze ich mich zu ihm ans Bett und schaue ihm in die Augen: „Morgen werden wir beide ins Laguna gehen!" Beim Verlassen des Zimmers beschäftigt mich die bange Frage, wie Lion sich beim Besuch im Laguna verhalten wird. Umso überraschter bin ich am nächsten Morgen, als Lion kurz nach Acht im Wohnzimmer steht, ohne dass ich ihn geweckt habe. Normalerweise dauert die Weckzeremonie zehn Minuten bis Lion ganz zu sich gekommen ist und sich bequemt, aus dem Bett zu steigen. Doch nun begrüßt er mich mit den begeisterten Worten: „Heute fahren wir ins Laguna!" Mein Herz macht einen Freudensprung. Dieser 22. März ist ein herrlicher Frühlingstag. Unser Auto ist durch die Sonnenstrahlen aufgeheizt, was sich nach dem langen Winter richtig schön anfühlt. Lion wirkt gelöst und meine Stimmung hellt sich zunehmend auf.

In der Rezeption des Badelands angekommen lösen wir die Tickets für zwei Stunden. Nach dem Umziehen steuern wir die gleiche Liege an, wo wir unsere Badetasche das letzte Mal lagerten. Bevor es ins Wasser geht, schaue ich meinem Jungen in die Augen und erkläre ihm mit Nachdruck: „Lion, heute bin ich nur für dich da. Wir verbringen diese Zeit zusammen. Heute passen wir beide auf, dass nichts Schlimmes passiert! Dann brauchen wir auch keine Angst zu haben."

Ich beobachte welche Reaktion meine Worte bei ihm auslösen. Er wirkt entspannt, es ist kein Anflug von Angst zu erkennen. „Was willst du zuerst machen?", frage ich ihn. „Rutschen", kommt die Antwort wie aus der Pistole geschossen. Unverzüglich flitzen wir los. An diesem Wochentag müssen wir an der „Black-Hole-Rutsche" nicht Schlange stehen. Lion rutscht zuerst. Oben an der Rutsche ist eine Ampel angebracht, die gewährleisten soll, dass man genug Abstand zum Vordermann hält. Als sie auf Grün schaltet, schwinge ich mich in die Röhre und versuche so schnell wir möglich nach unten zu rasen. Unten angekommen halte ich im Auffangbecken Ausschau nach Lion. Mein Atem stockt. Ich kann ihn nirgends sehen. Mein Kopf sagt, dass in diesem seichten Wasser nichts passieren kann, doch meine Emotionen ticken aus. Panisch verlasse ich das Wasser. Da entdecke ich Lion, der sich hinter einem Wandvorsprung versteckt hält und herzhaft lacht. Ich beiße mir auf die Zunge, um ihm nicht zu sagen, welchen Schrecken er mir mit diesem Scherz eingejagt hat. Ich will ihm den Spaß gönnen und freue mich, dass er den ersten Schritt gemacht hat, sich wieder ins Wasser zu trauen. „Komm, wir gehen ins innere Erlebnisbecken!", schlage ich vor. „Aber die Schwimmflügel anziehen!" bekomme ich prompt zur Antwort. Nachdem ich sie ihm übergestreift habe, steuern wir das Becken an. Ich versuche aber gelassen zu wirken, während ich mich ins Wasser gleiten lasse. Jetzt ist die Stunde der Wahrheit gekommen. Wird Lion sich zum ersten Mal nach dem Ertrinkungsunfall in ein tieferes Becken wagen? Lion lässt meine Sorge wie eine Seifenblase zerplatzen, indem er ohne zu zögern die Sprossen der Leiter heruntertrippelt und sich ins Wasser plumpsen lässt. Sofort patscht er mit seinen Händen, um sich mir zu nähern. Wie vor knapp zwei Monaten hat er den größten Spaß daran, mit mir zu raufen. Gerne ziehe ich den Kürzeren und lasse mich mehrmals von meinem schmächtigen Jungen unter Wasser tauchen. Ich bin überglücklich. Lion zeigt keinerlei Angst vor dem nassen Element!

Unsere Vater-Sohn-Zeit heute soll bedeutsam sein und der Verarbeitung des Unglücks dienen. Deshalb schlage ich vor: „Komm, ich spendier dir ein Eis!" Lion schiebt sich gerade das letzte Stück Kaktus-Eis in den Mund, als der Motor des Wellenbads anspringt. Ich fordere Lion auf: „Komm, da gehen wir rein!" Doch er zögert. „Wenigstens mit den Füßen!" dränge ich ihn und versuche ihm die Schwimmflügel überzustreifen. Lion protestiert: „Hier brauch ich die doch nicht!" Ich schaue ihn ernst an: „Aber sicher ziehst du die an! Wenn Mama fragt, ob du immer die Schwimmflügel angezogen hast, was müsste ich ihr dann antworten?"

Lion gibt nach. Wir waten bis zu den Knöcheln im Wasser und genießen die sanften Wellen.

Vorsichtig frage ich Lion: „Sollen wir ins Außenbecken gehen? Trocken antwortet er: „Okay". Heute nehmen wir den richtigen Eingang zum Schwimmbecken und gehen nicht durch die Glastür, womit das Unheil vor knapp zwei Monaten seinen Anfang nahm.

Schuldgefühle wollen wieder einen Zugriff auf meine Seele bekommen. Weil ich aber inzwischen innerlich gefestigt bin, kann ich sie schnell wieder abschütteln. Wir gleiten am Treppeneingang ins Wasser, ich schiebe den Plastikvorhang zur Seite und wir schwimmen gemütlich nach draußen. Wir legen uns auf die Champagner-Liegen am Beckenrand. Lion wirkt entspannt. Er scheint das Becken gar nicht mit dem Ertrinkungsunfall zu assoziieren. Ich grübele, ob ich die Sache ansprechen soll. Da Lion so gelöst wirkt, erwähne ich sie nicht. Wir schwimmen zu der Ecke, an dem das Leben meines Sohnes um ein Haar zu Ende gegangen wäre. Dieser Ort wäre vor knapp zwei Monaten fast das Grab meines Sohnes geworden – und jetzt planscht er hier unbeschwert.

Plötzlich fängt Lion an zu quengeln. Wasser ist in seinen Mund geschwappt, und das scheint ihn zu beunruhigen. Er hat die Schwimmflügel an, und es besteht keine direkte Gefahr. Aber weil ich vermeiden möchte, dass ihn die Angst packt, schiebe ich ihn sachte Richtung Ausgang. Während auf der Treppe das Wasser über unsere Knie plätschert, platzt es aus dem Jungen heraus: „Ich will nicht in dieses Becken, da schlucke ich Wasser und außerdem bin ich hier das letzte Mal untergegangen!" Ich schaue Lion in die Augen und zeige mit der Hand auf die Seite jenseits des Plastikvorhangs: „Ja, Lion, dort draußen warst du unter Wasser. Während ich irgendwo im selben Becken hin- und hergeschwommen bin und dich vergessen habe, hat Gott im Himmel auf dich aufgepasst und den Robert geschickt." Jetzt haben wir den Unfall doch thematisiert. Es wird Zeit Lion auf andere Gedanken zu bringen. Ich schlage vor, zusammen noch einmal paar Mal die „Black-Hole-Rutsche" runterzuflitzen.

Zum Abschluss unseres Badeerlebnisses gehen wir noch mal ins innere Erlebnisbecken. Doch auch hier schluckt Lion wieder etwas Wasser. Sofort verlassen wir das Becken. Lion bekommt Würgereiz und spuckt einen Teil des vorhin gegessenen Eises aus. Es ist höchste Zeit zu gehen. Obwohl es schade ist, dass Lion weinend das Schwimmbad verlässt, macht mich das Wissen, dass er keine Angst vor dem Wasser hatte, in diesem Moment sehr glücklich. Wir ziehen uns schnell um und fahren mit dem Auto zu Monis Schule, die nur ein paar Minuten entfernt ist. Wir kommen gerade rechtzeitig zum Ende der sechsten Stunde und nehmen Moni mit zum Chinesischen Restaurant. Gemeinsam wollen wir Lions Mut feiern, dass er sich wieder ins Wasser getraut hat. Außerdem gibt es einen zweiten Anlass: Heute ist der erste Jahrestag unserer Rückkehr nach Deutschland. Nach dem leckeren Essen machen wir noch einen kurzen Spaziergang nach Frankreich über die Dreiländerbrücke, der längsten als Bogenbrücke ausgeführten Fußgängerbrücke der Welt.

Nachdenklich sitze ich auf dem Rückweg im Auto. Bis vor einem Jahr lebten wir in einem verschlafenen Städtchen im verarmten Albanien und jetzt haben wir ein bewegtes Leben in diesem interessanten Dreiländereck.

Einige Wochen später ist es Zeit Nägel mit Köpfen zu machen, was den Schwimmkurs für meinen Sohnemann angeht. Ich greife nach meinem Handy und rufe den Schwimmlehrer an. Er sichert mir zu, dass Lion einen Platz im kommenden Schwimmkurs hat. Einen Moment ist Stille in der Leitung. Erst zögere ich, dann gebe ich mir einen Ruck: „Was Sie noch wissen sollten, vor drei Monaten ist mein Sohn fast ertrunken. Ich weiß nicht, wie er sich beim Schwimmkurs verhalten wird." Die Stimme am anderen Ende klingt souverän: „Es ist gut, dass Sie mir das sagen, doch wird es keinen Grund zur Besorgnis geben." Der erste Tag des Schwimmunterrichts ist da, aber der Kleine sträubt sich. „Ich will nicht in den Schwimmkurs!" Ich lasse nicht mit mir diskutieren. „Natürlich gehst du! Du weißt doch, wie wichtig es ist schwimmen zu lernen!" Mit diesen Worten packe ich die Badetasche und marschiere Richtung Auto. Egal, wie sehr den Kleinen die Unsicherheit vor dem Ungewissen plagt, da muss er jetzt durch. Zum Glück nimmt auch sein Freund am Kurs teil. Am Eingang des Hallenbads begrüßt uns der Schwimmlehrer und erklärt uns, dass die Kinder sich umziehen und zum hinteren Bereich des Kinderbeckens kommen sollen, ohne vorher zu duschen. Erst möchte er eine Einführung machen. Wir Eltern dürfen am ersten Tag aus einer gewissen Entfernung zuschauen. Zwölf Vorschulkinder sitzen in der Ecke auf Schaumstoffmatten. Lion ist neben seinem Freund und lauscht den ersten Anweisungen des freundlichen Lehrers. „Dieser Kurs wird meinem Sprössling sicher gefallen", denke ich bei mir. Doch seltsamerweise muss ich auch in den kommenden Tagen meinen lustlosen Sohn immer dazu überreden am Schwimmkurs teilzunehmen. Bei der siebten Übungsstunde komme ich ins Schwimmbad um Lion abzuholen und sehe eine Gruppe kleiner Kinder mit Schwimmgürteln im tiefen Becken. Angestrengt versuche ich den Kopf meines Sohnes im Wasser ausfindig zu machen. Da entdecke ich ein strahlendes Gesicht. Voller Eifer versucht mein Sprössling die anderen Kinder zu überholen. Offensichtlich hat sich heute eine Blockade gelöst und Lion genießt das Erfolgserlebnis, sich mit einer kleinen Schwimmhilfe im tiefen Wasser fortbewegen zu können.

Am 15. Juni 2017 fahre ich wieder mit Lion zum Krankenhaus. Heute steht das dritte EEG an. In sechs Wochen sind die großen Ferien und weitere sechs Wochen danach wird Lion in die Schule kommen. Gerade deshalb wollen wir es nun wissen. Werden sich die Auffälligkeiten aus dem ersten Befund bestätigen? Sind die Funktionen von Lions Gehirn beeinträchtigt?
Der freundliche Riese, der uns schon vom letzten Mal bekannt ist, schaut sich das Resultat am Bildschirm an. Dann nimmt er die Brille ab, dreht sich zu uns und erklärt mit seiner tiefen und warmen Stimme: „Es ist alles im grünen Bereich. Fünf

Prozent der Kinder zeigen mal eine Auffälligkeit bei einem EEG, was aber kein Grund zur Besorgnis ist. Da die letzten beiden Befunde aber regulär waren, dürft ihr dieses Thema nun getrost abhaken." Lion ist nicht bewusst, welche Erleichterung diese Information bei mir auslöst. Beim Verlassen des Krankenhauses empfinde ich, dass in diesem Moment das aufregendste Kapitel meines Lebens abgeschlossen ist. Viereinhalb Monate ist der Unfall her. All der emotionale Schmerz ist vergessen. Lion ist gesund und hat keine Angst vor Wasser. Mein Herz ist frei von Schuldgefühlen. Unsere Familienbeziehungen sind durch diese Erfahrung gestärkt worden. Gott hat uns durch diese herausfordernde Zeit getragen und uns seine Treue bis ins Detail erwiesen. Ich steige mit meinem Sohnemann ins Auto und fahre unbeschwert in eine neue Zukunft.

Badeurlaub in Südfrankreich

Schon im Frühjahr hatte ich unseren zehntägigen Urlaub in einem Campingplatz in der Nähe von Béziers für Mitte August gebucht. Endlich ist es soweit. Morgen beginnt die lange Reise. Den mittleren Sitz unseres Sharans habe ich entfernt. In die Lücke staple ich zwei Koffer und oben drauf zurre ich mit einem Gurt meinen alten Laptop fest. So können die Kinder ein oder zwei DVDs auf der zehnstündigen Reise gucken. Ich gehe noch mal ins Haus und packe die Badetasche. Verdutzt stelle ich fest, dass Lions Schwimmgurt fehlt. Ich krame tiefer und entdecke ein Schaumstoff-Element, aber der Gurt ist unauffindbar. Ich werde nervös. Ich muss dieses doofe Ding unbedingt finden. Lion hat zwar einen Schwimmkurs gemacht, kann sich aber ohne Schwimmhilfe noch nicht länger über Wasser halten. Ich gehe in den Keller und schaue nach, ob das verschwundene Teil bei der Lagerung rausgefallen ist. Doch vergebens. Frust will sich breit machen: „Wieso gehen in unserer Familie immer wieder Sachen verloren?" schmolle ich. Da empfinde ich, wie Gott an meine Herzenstüre klopft und den Leitvers meines Lebens in Erinnerung ruft: „Wer Gott liebt, dem dient alles, was geschieht, zum Guten. Daniel, es gibt einen Grund, warum du diesen Gürtel nicht findest. Vertraue mir einfach und höre auf zu suchen!" Widerstrebend gebe ich nach. Ich hätte mich soviel sicherer gefühlt, wenn ich dieses olle Teil jedes Mal an Lions Bauch festzurren könnte, bevor er ins Wasser geht. So habe ich das Gefühl, dass mich ständig eine unterschwellige Sorge begleiten und den Erholungseffekt in diesem Urlaub schmälern könnte.

Am nächsten Tag kommen wir am späten Nachmittag beim Campingplatz an und packen die Koffer in die Ferienwohnung, die für die nächsten zehn Tage unser Zuhause sein wird. Wir ziehen die Badetasche aus dem Auto und laufen zum Strand. Wir wollen jeden Tag am Meer ausnützen, mit Federball spielen, Muscheln suchen und auf der Luftmatratze im Meer paddeln. Zum Glück ist das Meer sehr seicht und Lion kann ohne Probleme baden.

Nach der ersten Nacht im Mobilheim erkunden wir unseren Campingplatz. Die größte Attraktion ist der Swimmingpool mit der 40 Meter langen Rutsche. Um das Becken ist ein brauner Betonboden; meine Augen fallen auf eine schwarze Schrift in der Ecke: „1,40 m". Erinnerungen werden wach. Lion wird in diesem Becken nicht stehen können. Ich werde ihn ständig im Auge behalten müssen. Jeden Vormittag will ich mit ihm schwimmen üben. Statt des Gürtels haben wir wenigstens eine Schwimmnudel dabei. Sie hilft dem Kleinen über Wasser zu bleiben. Während wir im Wasser planschen, sehe ich die Mädels auf der Wendeltreppe zum Turm. Mich überkommt die Lust auch zu rutschen. „Lion, ich bin gleich wieder da, warte hier im Wasser auf mich!" Mit diesen Worten steige ich aus dem Wasser und renne zum Turm. Wegen der Warteschlange vor mir, kann ich die Stiegen nur bis zur halben Höhe erklimmen. Plötzlich überfällt mich ein Anflug panischer Angst: Wenn dem Lion jetzt die Schwimmnudel abrutscht und er wieder unter Wasser landet???" Sofort erinnere ich mich: „Daniel, Lion ist in Gottes Hand. Jetzt ist es wichtig, dass du keine Angst zulässt, damit du kein Helikopter-Vater wirst, der seinen Sohn ständig kontrolliert." Ich spähe auf die andere Seite des Pools, wo der Junge ruhig nahe am Beckenrand wartet. Ein paar Minuten später bin ich wieder bei ihm und wir planschen vergnügt weiter. Am fünften Tag erinnere ich mich, dass wir den Schwimmgürtel nicht dabei haben. Das muss einen Grund haben. Den hätte ich ihm automatisch jedes Mal angezogen, bevor wir ins Wasser gehen. Jetzt ist es wohl an der Zeit, ohne Schwimmhilfe zu üben. „Lion, heute gehst du ohne Schwimmnudel ins Wasser!", erkläre ich dem Jungen sachlich. „Auf keinen Fall!", protestiert der Kleine. Ich lasse nicht mit mir diskutieren, schmeiße das lange Ding auf die Badeliege und erkläre dem Jungen, dass ich immer in seiner Nähe bin und ihn notfalls über Wasser halten werde. Ich weiß, dass dem Kleinen nicht wohl bei dem Gedanken ist, aber da muss er jetzt durch. Er versucht die Brustschwimmbewegungen zu machen, hat aber Mühe den Kopf über Wasser zu halten. Immer wieder greife ich nach ihm, um zu vermeiden, dass er Wasser schluckt. Lions Schwimmübungen gleichen den wackeligen Gehversuchen eines Kleinkindes. Erst schwimmt er fünf, dann zehn Meter alleine.

Inzwischen haben wir eine Woche unseres Urlaubs hinter uns gebracht. An diesem Vormittag befinden wir uns wieder im Pool. Jetzt ist der Moment gekommen. Ich schaue dem Jungen in die braunen Augen: „Lion ich gehe jetzt aus dem Wasser und du schwimmst alleine hier in der Mitte quer durch das Becken!" Dabei zeige ich auf die gegenüberliegende Seite, die ca. acht Meter entfernt ist. Er will protestieren, aber ich sehe ihm an, dass der unbedingte Wille da ist eigenständig zu schwimmen. Ich ziehe mich am Beckenrand hoch. Lion legt voller Eifer los. In der Mitte des Beckens scheint er kaum noch vom Fleck zu kommen. Mein Beschützerinstinkt springt an. Mit zwei Zügen bin ich bei ihm. Aber ich hüte mich davor ihn zu halten. „Noch drei Meter. Lion, du schaffst das! Schwimm weiter!" feuere ich ihn an. Der Körper ist schon tief im Wasser und die Wasseroberfläche ist bedrohlich nahe an Lions Unterlippe. Er greift nach dem Beckenrand. „Du hast es geschafft!" juble ich. Da kommt gerade Mama in den Poolbereich. Lion ruft laut. „Maaaamaaaa! Schau mal, was ich kann!" „Warte Lion, du brauchst erst eine Pause!" ermahne ich ihn. Doch der Kleine widerspricht. Mit den Worten „Das schaffe ich schon!" stürzt er sich ins Wasser. Zwischen Hoffen und Bangen schaue ich dem Jungen nach. Stück für Stück kämpft er sich voran. Ohne fremde Hilfe kommt er nach einer gefühlten halben Ewigkeit auf der anderen Seite an. Er strahlt seine Mama an, die ihn mit Lob überhäuft. Das gibt ihm Aufschwung, und er legt wieder los in meine Richtung. An diesem Tag lässt sich Lion nicht mehr aufhalten. Er schwimmt eine Bahn nach der anderen und wird dabei immer sicherer. Lion kann schwimmen!

## NACHTRAG ZUR ENTSTEHUNG DIESES BUCHS

Ich bewundere Leute, die sich an Details aus der Vergangenheit erinnern. Ich gehöre nicht zu ihnen. Nach dem Ertrinkungsunfall war mir klar, dass ich sofort Tagebuch führen muss, damit mir nicht wichtige Details verloren gehen. Immer wieder saß ich am Laptop und schrieb die Erfahrungen, Gespräche und meine entsprechenden Gefühle nieder. Diese Aufzeichnungen machten es möglich, ein Jahr später diesen Bericht zusammenzustellen. Allerdings bemerkte ich, dass meine Tagebucheinträge nicht alle Einzelheiten so erfassten, dass ich dieses Buch ohne weiteres flüssig schreiben konnte. War das der Fall, habe ich die Erlebnisse so beschrieben, wie sie sich meiner Erinnerung eingeprägt hatten. Manchmal habe ich typische Alltagszenen und Gespräche beschrieben, die nicht immer genau zu diesem Zeitpunkt stattfanden. Es war mir ein Anliegen, in diesem biographischen Bericht nicht zu übertreiben und ein möglichst reelles Bild der Erlebnisse, unseres Familienlebens und meines inneren Erlebens zu zeichnen.

## DANK

Mein erster Dank gilt meinem himmlischen Vater, der mir meinen Sohn zurückgeschenkt hat. Durch diese schwere Zeit durfte ich deine bedingungslose Liebe in neuer Tiefe erleben.

Ich bin euch, Barbara und Robert, unendlich dankbar, dass ihr zur rechten Zeit am rechten Ort wart. Euer schnelles Handeln hat bewirkt, dass ich mich täglich an einem gesunden Sohn erfreuen kann. Es ist schön, dass wir in Kontakt geblieben sind.

Moni, du bist die Liebe meines Lebens und hast in dieser schwierigen Zeit deinen mitfühlenden Charakter zum Ausdruck gebracht und so den Heilungsprozess meines Herzens gefördert.

Christine Schubert, vielen Dank für das Lektorat und die sprachliche Verfeinerung am Manuskript.

Herzlichen Dank, Stephanie Rapp, dass du mir als erfahrene Autorin wertvolle Tipps gegeben hast. Ohne deine Hilfe hätte ich dieses Buch so nicht schreiben können.